ISBN 978-2-330-02285-3

UNE ÉTOILE AUX CHEVEUX NOIRS

AHMED KALOUAZ

# UNE ÉTOILE AUX CHEVEUX NOIRS

récit

BABEL

*Il ne l'avait jamais entendue se plaindre, sinon pour dire qu'elle était fatiguée ou qu'elle avait mal aux reins après une grosse lessive.*

ALBERT CAMUS

# 1

# QUITTER LE PAYS

Là-bas, au pays minier, nous avions l'âme charbonnière, même les mésanges portaient ce nom. Et l'hiver venu, les oiseaux se prenaient le plumage aux pièges du givre, dans ce minuscule hameau accoudé aux puits et aux chevalements, à La Mure, en Isère, là où tout a commencé. Notre vie ici, la vôtre, nouvelle, inconnue et incertaine. Près de la petite maison du hameau de Simane, se dressait, attenante, une petite chapelle. C'est là qu'en apprenant à lire, j'ai déchiffré pour la première fois une phrase entière. Une inscription au-dessus de la porte d'entrée. "Cherchez Dieu en toute chose."

Mais cette étrange formule ne pesait finalement pas lourd face à l'attrait procuré par la bergerie voisine. Il suffisait de descendre une marche ou deux pour se retrouver nez à nez avec un troupeau de moutons retenus là par la nuit, ou par les grands froids. Un bélier aux cornes impressionnantes venait se faire caresser le museau et quémander un quignon de pain, si précieux à cette époque. Un jour viendrait où il faudrait pourtant manger ces compagnons de jeu.

Depuis ces premiers frimas, frêles souvenirs, le soleil a passé sa langue chaude dans ton cou, pris quelques secrets au passage, un parfum d'enfance, emporté ton cœur vers l'automne. Tu as vieilli et ton visage est un miroir pour moi. Fleur fragile, précieuse, tu es devenue au fil du temps ce sourire fatigué qui savait jadis calmer une angoisse, une faim inassouvie. La nuit venue nous appelions pour trois gouttes de lait, affamés ou perclus de peur, chacun à sa manière. Peur de l'abandon, de la place prise par un autre plus jeune que nous. Le soleil s'est posé tant de fois sur ton épaule, ainsi la vie va, la nôtre après la tienne. Bien souvent dans les arbres nous emportions des semblants de rêve, des bouts de révolte, des mots pour faire de nous un jour de beaux parleurs. Le soleil a parsemé les heures, il ne faut plus s'étonner de voir le temps faire son œuvre. Ton visage d'abord, finalement marqué mais si peu, au regard des épreuves, puis les mêmes phrases qui se succèdent, parce que la mémoire fait place au vide. Tu redis cinq ou six fois la même chose, des faits récents ou revenus de l'enfer. Un monde que tu nommes malgré tout avec bienveillance, alors qu'il fut longtemps celui des lessives à l'eau froide, des nuits de veille au chevet de ton chapelet d'enfants, de ta remuante ribambelle.

Aujourd'hui, il est impossible de suspendre le temps, mais je vais tenter de le ralentir, prenant la route à vitesse lente, pour mieux te retrouver, traverser tout un pays, pour rejoindre le tien, là où tes rides sont devenues une certitude, comme un viatique pour la contrée des craintes, que tu atténues sans doute par des prières quotidiennes. Je ne connais pas ce Dieu, ni un autre, même si au début de mon périple, des calvaires sont plantés à la croisée des chemins. On me dit que c'est folie d'aller à l'autre bout de la France, d'effectuer mille kilomètres à allure presque immobile, à l'heure où tout va vite. J'ai choisi la Motobécane bleue que pilotait mon père pour se rendre à son travail. Avec cette mobylette à qui j'ai donné un coup de jeune, c'est une odeur d'essence et de fumée qui ressemble à ce que j'ai connu là-bas, elle porte le bleu de notre territoire, de nos uniformes d'ouvriers. À allure douce, je vais y revenir, rentrer chez nous en quelque sorte. L'idée me trottait dans la tête depuis longtemps. J'ai mis sur le porte-bagages, une valise comme celle que tu tenais en main à ta descente de bateau, à Marseille dans les années 1950, un enfant au bout de l'autre main. Mais je ne vais pas la bouche vide, emportant quelques refrains dans la tête. Enfants, perchés dans les arbres, nous avons appris des mots rares dans la langue des poètes d'ici. Depuis, ils forment des guirlandes. La poésie va lentement aussi, les phrases précieuses se construisent sans s'occuper du temps.

Je ne t'ai pas vue depuis plusieurs semaines, bien avant l'été qui vient de filer, par négligence et fatigue aussi. Dans la maison bretonne de Brignogan, où j'habite à présent, j'ai remis un peu d'ordre, rangé le peu d'affaires qu'il me reste, rendu visite une dernière fois au café du Phare, à ses marins sans bateaux et sans quais, avec émotion j'ai pris le chemin qui va vers la dune et les immenses rochers noirs, histoire d'emporter un peu de souffle pour la route, un peu de désordre et du vent dans le dos. Tout ira bien, c'est ce que je me dis, même si cette idée de voyage en mobylette m'effraye un peu. Tu es fou, disent d'ailleurs les attardés au comptoir. Pourquoi tu ne prends pas le train comme tout le monde ? interrogent les autres. Et je réponds que c'est pour avoir le temps d'offrir un peu de pain aux oiseaux. Chez nous on ne le jetait pas, tu modelais avec des œufs, des raisins de Corinthe le moindre morceau sec ou rassis pour nous le rendre chaud et appétissant sur la table, dans cet intérieur de fortune où nous vivions entassés. Drôle de mot la fortune. Ta vie c'était les quatre coins de la maison, à ranger, balayer, éplucher, et au-dehors, le temps de tes bras levés pour du linge à étendre sur le fil tendu au fond du jardin. Parfois, aux beaux jours, tu posais là nos habits pour venir voir ce que nous faisions aux heures d'école buissonnière, allongés dans un champ, le nez en l'air, à l'abri d'une haie.

En Bretagne, avant d'embarquer, les marins regardent vers le ciel, manière de réclamer une action de grâce, une accalmie. Je scrute machinalement l'horizon, accrochant au passage le phare de l'île Vierge. Derrière la selle de mon engin fumant, j'attelle un sac à dos, des vêtements de pluie. Aux premiers hectomètres longeant le village de Meneham, je chante pour me donner du cœur à l'ouvrage. C'est étrange, mais aucune des chansons que j'aime fredonner ne me lie à toi. Tes berceuses se sont éteintes, ne reste que ta voix peut-être, quand tu lançais à la cantonade, des imprécations dans une autre langue, ou plus certainement, tes éternels chants lancinants. À présent quand ils reviennent, c'est plutôt chagrins d'enfance, parfums d'épices, de cheveux frottés au shampoing à la camomille. Cette fleur servait souvent à lutter contre nos accès de fièvre, nos maux de tête et de dents, elle savait adoucir des paupières lourdes. Il nous arrivait d'en cueillir dans les champs, les fossés à la fin de l'été, comme les pissenlits au printemps, les escargots et les prunes avant les premières pluies. C'est aussi aux portes de l'automne que j'entreprends ce voyage vers toi. Seras-tu encore là pour m'ouvrir la porte, du haut de tes quatre-vingt-quatre ans ? Te perdre, c'est le risque que je prends à vouloir suivre la marche lente des collines. Tout est en ordre, j'ai fermé les volets, les portes de la maison perchée avec vue sur la baie. Ce matin à marée basse, elle s'est dépeuplée de ses colonies d'oiseaux du bord de mer. Je tourne le dos à tout cela, à l'église de Goulven qui se profile au premier plan. Après avoir vécu au Sud, j'ai voulu voir à quoi ressemblait vraiment ce pays qui m'a toujours fait rêver. Quitter les accents chantants teintés de racisme, pour aller d'un autre pas à la rencontre des gens. Ceux que je croise se sont habitués à moi, je me suis fait aux jours de ciel bas aussi. Il existe des légendes dans ces contrées, mais celle qui prédit du beau temps trois fois par jour n'en est pas une. Aujourd'hui, par Lesneven et Ploudaniel, je dessine le début de la ligne qui me conduira de la Bretagne à Grenoble. À Landerneau, j'aurai une pensée pour toi, pour les galettes de blé noir que l'on fabrique dans le coin, si semblables aux tiennes. Ce mélange de farine et de semoule que tu nous servais avec un peu de miel liquide qui collait aux doigts. Entre nos dents, sous la douce chaleur du sucre, un bout de ton cœur, sans cesse resservi. L'amour est une morsure qui s'offre ou se refuse. Tu en sais quelque chose toi pour qui il était toujours à la traîne, venant de ton homme ou de ces enfants qui te gâchaient souvent tes nuits. Les longues d'hiver, qui sont toujours celles de la campagne, comme si cette saison était interminable. Les nuits d'été, c'était déjà la ville, les marches sous les réverbères, les avenues, les boulevards, les mains dans les poches et le pied sûr. Toi, tu guettais les bruits dans l'escalier, jusqu'à ce que nos pas cognent enfin sur le carrelage de l'entrée. Malgré la fatigue, tu nous as souvent attendus. Souvent inutilement. Tu nous maudissais lorsque nous revenions les yeux cernés, au mieux par la fatigue, au pire parce qu'un policier avait fait du zèle sur nos peaux basanées. Ils se sont crus longtemps en guerre, à cause de celle d'Algérie qui ne portait pas encore de nom, et avaient gardé de mauvaises habitudes, des réflexes, un esprit de vengeance teinté d'impunité. Une fois ta colère passée tu nous enlaçais, nous faisais chauffer un bol de café, une casserole de lait. Comme au temps de la petite maison de Monteynard, lorsque à l'aube, tu tisonnais les cendres, pour redonner vie à des murs pétris par le froid. Tu savais mettre la bûchette qui redonnerait la première flamme de la journée. De ton souffle, tu aidais le feu à reprendre, tu apportais la chaleur dans la pièce, où nous allions descendre les uns après les autres pour déjeuner, se laver à l'eau froide avant de prendre le chemin de l'école.

Tu parles peu de cela, comme si ta mémoire s'était gelée en ce temps de l'hiver.

Pour atténuer cette rigueur, j'allais chercher du bois pour toi, pour nous. De la route forestière, je pouvais contempler les toits du hameau, au loin, ceux du village, de l'église où je me glissais parfois le dimanche au moment de la messe, pour voir à quoi ressemblait le rite des chrétiens à l'œuvre dans leur *decorum*. Avec les quelques mots de latin que j'avais péniblement appris au collège, je pensais percer ce mystère, comprendre de quoi parlait ce dieu que je voyais accroché à des croix de fer, en quelques carrefours du village. J'allais aussi au temple, puisqu'il y en avait un, en ce pays de huguenots. C'était moins solennel, comme s'il s'agissait d'une assemblée d'amis. Dans leurs sermons, ils utilisaient souvent le mot désert, et cela me rapprochait d'eux jusqu'à en faire des voisins originaires comme nous d'un pays de dunes. Toi, tu traversais le tien, en exil depuis dix ans, ayant fui une terre sèche et cassante pour t'offrir une terre r[illegible] qui savait nourrir ses enfants. La mort t'en avait déjà pris deux, à l'âge de l'insouciance. Insouciante et heureuse, l'as-tu été seulement un jour, toi qui as connu tous les chaos, buté sur tant d'ornières ? Pour oublier peut-être, tu t'es acharnée à faire de tes enfants, les plus beaux de la terre.

*Quand je suis arrivée en France, dans le petit hameau, une voisine venait presque tous les jours, pour te voir, et t'embrasser dans le cou. Elle me disait, Yamina, que votre enfant sent bon ! Lorsque tes frères sont nés, elle a fait la même chose. Tu vois, dès le début, j'ai voulu montrer à ces gens qui ne me connaissaient pas que vous n'étiez pas des moins que rien.*

Chantant à tue-tête sur mon engin d'un autre temps, j'ai laissé Landerneau, traversé Saint-Urbain, Irvillac, pour m'arrêter un moment, le temps d'une pause à Pont-de-Buis dans la vallée de l'Aulne. Une brise de mer s'engouffre du goulet de Brest, m'apporte des effluves, les derniers vents marins, cette odeur que j'aime porter sur moi. Comme là-bas, en ce lieu que je nomme toujours "chez nous", où doivent se poser à présent les couleurs de l'automne sur le chemin qui montait vers la combe des Bérards, terre gavée de champignons, de châtaignes. Nous venions grappiller en cette saison tout ce qui poussait là, derrière la tour de Saint-Georges, nous trouvions des raisins gorgés de soleil, des noix fraîches que nous cassions entre deux pierres, des groseilles ou des mûres pour ces confitures que tu savais mitonner. Chez nous, ces chemins, ces champs, ces noisetiers, dont chaque buisson me parle lorsque je les retrouve.

Je quitte le pays des hirondelles parce que tu m'as annoncé le compte à rebours. L'immeuble où tu as passé plus de quarante ans de ta vie va être rasé, grignoté, haché, par une machine qui mange le béton, le digère, le transforme en poussière. Il faut que j'arrive avant. La barre voisine a déjà subi ce sort l'année dernière. Pendant que le vacarme grondait, tu me disais que les camions de gravats emportaient au diable les cafards et les rats, mais tu t'inquiétais pour les pigeons perchés sur les fenêtres. Qui allait les nourrir ? Tu parles d'eux, comme s'il s'agissait de tes enfants, prête à leur donner ce souffle et cette énergie qui t'ont portée à travers les tempêtes, toute ta vie tendue vers l'unique but journalier, ta principale préoccupation : les nourrir. Les nourrir, quitte à passer des heures pour pétrir un pain banal que nous trouvions pourtant délectable, faire bouillir du lait encore et toujours. Tu nous disais : Courez chez Maria, et rapportez-moi un litre ou deux. Nous allions chez cette femme douce remplir un nouveau bidon, apprendre la vie comme elle naissait au cul des vaches, traîner un peu en chemin, nous arrêtant devant la maison d'un homme qui sentait éternellement une forte odeur de résine de sapin. Il nous racontait des histoires à l'emporte-pièce, nous parlait de son père, un général anglais, qu'il avait inventé pour nous épater ou remplir un grand vide. Nous l'écoutions, fascinés par sa façon de dire, avant de filer ventre à terre vers la cuisine où tu nous attendais.

## 2

## LES CARTONS

Les employés d'une entreprise de déménagement ont déposé chez les derniers habitants de l'ancienne cité-jardin, des cartons qu'ils viendront enlever le moment venu. Un matin, aux premières lumières de l'aube, ils vont emporter nos vies dans une boîte, les cadres, les photos, les objets décoratifs. Dans d'autres, s'empileront les tasses, les assiettes, les verres de thé. Toute ta richesse tient dans un meuble aux portes fatiguées où dorment des couverts par dizaines, pour d'anciens repas de fête ou de deuil. Il y a quelques mois encore, tu cuisinais par habitude, par bonheur et pour faire plaisir. Je sais qu'à présent l'envie et la force te manquent, mais tu amasses tout de même des denrées dans les placards, le congélateur, pour ne pas être prise au dépourvu. Tu dois montrer encore aux visiteurs que tu as de quoi recevoir, que rien ne manque, même si tu sais que souvent, ils apportent avec eux, en plus des pâtisseries habituelles, d'autres mets, un plat de haricots au mouton, un couscous.

Ce meuble qui bringuebale n'ira sans doute pas plus loin, trop grand, volumineux, pour le nouvel appartement où tu seras bientôt. Dans celui que tu occupes encore, nous avons vécu à treize, au plus fort de la tempête, avant que je ne quitte le premier le navire, puis les autres, chacun son tour, jusqu'à ce que tu te retrouves seule. Ton mari n'est plus de ce monde depuis presque dix ans, et tu en parles souvent. Tu penses qu'il n'aurait pas accepté non plus cette idée de départ, qu'il aurait pesté contre vents et marées. Tu n'ouvres même pas les courriers de l'organisme qui te propose un relogement ailleurs en ville. Tu ne sais pas lire, et tu laisses traîner ces lettres sur la table. Il m'est arrivé d'ouvrir une enveloppe pour t'indiquer où l'on voulait t'envoyer. Tu ne connais pas le nom des rues, et tu répètes inlassablement que tu ne veux pas quitter ton périmètre. Presque un demi-siècle d'habitudes, de conversations sur le chemin de la boulangerie, de l'école ou de la poste. Le quartier que tu as connu à notre arrivée a beaucoup changé, des gens ont disparu, la peinture des boîtes aux lettres s'est écaillée, l'ascenseur est fatigué comme tes jambes. Pour grimper les huit étages, les jours de panne, tu souffles et fais halte souvent sur les paliers. Mais tu aimes ton refuge avec sa vue sur les montagnes, ses fenêtres où le soleil vient se coucher. Dans une pièce, tu entretiens encore la flamme de tes doigts de couturière. À quatre-vingt-quatre ans, tu viens de t'acheter une nouvelle machine à coudre. Tu me répètes le nom de la célèbre marque, la meilleure à tes yeux. La machine à coudre, c'est une part de ta vie. À mon étonnement devant une telle dépense, tu me dis que tu ne peux pas t'en passer.

— Dès que je suis arrivée en France, j'en ai acheté une.

— Tu vas coudre des vêtements pour les vendre ?

— Non, non, je vais me faire des belles choses, des robes d'intérieur, des chemisiers.

Je sais que tu as toujours cousu, depuis l'enfance. Ta tante avait une machine à coudre à pédale, et lorsqu'elle s'absentait, du haut de tes huit ans, tu grimpais sur un tabouret, et tu confectionnais des vêtements pour les poupées de chiffon de ta petite cousine. Un jour, à son retour, elle s'est étonnée de voir les poupées habillées ainsi. Tu as dû avouer que la reine aux petites mains, c'était toi. À partir de cet aveu, tu as eu droit à la corvée de reprisage des chaussettes trouées, celle des ourlets de pantalons. Pendant des heures, tu faufilais, retouchais, rapiéçais, et surtout, tu patientais, espérant le départ de ta tante, une heure ou deux, le temps que tu puisses réaliser une jupe, un foulard. Les filles restaient à la maison, apprenaient ce que leurs grands-mères, leurs mères avaient fait depuis toujours. En attendant un mariage précoce, on vous confinait aux tâches ménagères.

*Les garçons pouvaient aller à l'école, pas nous. Nous, les filles, on devait passer nos journées chez les colons pour faire les bonnes, manier la serpillière, briquer les cuisines. J'allais même faire le ménage chez un curé. À l'école aussi j'y allais, mais toujours lorsque les enfants étaient partis, pour ranger, balayer et essuyer la poussière du tableau.*

Plus tard, bien plus tard, lorsque ton mari, floué par bon nombre d'employeurs, s'est retrouvé doté d'une retraite dérisoire, à peine de quoi survivre, la couture vous a sauvés de la misère. Tu cousais pour les femmes du quartier, et bien au-delà même. Elles venaient te commander des robes qu'elles emportaient en Algérie, pour les revendre ou les offrir aux gens de la famille. Je t'ai vue souvent crouler sous les rouleaux de tissus, entreposés dans le recoin où trônait la machine. Si ailleurs on accroche des tableaux ou des trophées aux murs, chez toi, toute ta gloire et ta fierté tiennent dans cet amas multicolore.

Fatigué de devoir tenir la poignée des gaz à fond, un peu avant Pleyben, je m'allonge sous un arbre, écoute les sons de la campagne en vie. Un chien aboie, le marteau d'un charpentier frappe sur le toit d'une maison proche, un oiseau chante, là-haut, perché. Je cherche son nom avant de reconnaître la silhouette du rouge-gorge qui vient vers moi, par petits vols successifs. On dit que les rouges-gorges appartiennent toujours à une maison. Elle ne doit pas être loin, car des pas dans un chemin me font lever la tête. Un homme s'approche, appuyé sur une canne, mais le pas leste.

— Vous aimez dormir sous les arbres vous !

— Je faisais juste une petite halte.

— Et vous allez loin par ce froid ?

— Oui, assez, oui…

— Alors ce n'est pas le temps qu'il vous faut.

Dubitatif, il regarde la mobylette adossée à une clôture.

— Vous allez vraiment loin, avec ça ?

— Elle a l'habitude vous savez, elle en a vu d'autres.

— C'est un vieux modèle, hein ?

— Oui, bien sûr. Elle appartenait à mon père.
— Pour sûr, c'était du solide, la Motobécane !

Posséder une mobylette à son époque signifiait que nous n'étions pas vraiment pauvres. Les pauvres allaient à pied, comme toi ma mère, même aujourd'hui encore, lorsque ta frêle silhouette se perd entre les immeubles.

— Oui, elle a presque quarante ans. Il l'avait achetée pour ses dernières années de travail.
— Passez boire un coup chez moi, ça vous réchauffera. Pardon, je ne me suis pas présenté. Lagadec Henri.
— Enchanté. Pour le coup, je ne sais pas…
— J'ai du bon calva, ça ne fait pas de mal une ou deux gorgées.
— Plutôt un café alors, si c'est possible.
— Si vous voulez. Allez venez, c'est juste là.

L'homme habite un appartement dans l'aile aménagée d'une ancienne cour de ferme. Il me dira plus tard que ses parents, ses grands-parents ont vécu là, mais que lui a préféré quitter très vite cette vie étriquée.

— À quoi bon s'user, si ça ne rapporte plus rien. Je suis allé travailler à la biscuiterie, comme beaucoup de gens ici. Et maintenant, je profite un peu de mon temps. Ah ! Ça a sauvé du monde les biscuits, et pas que pendant la guerre !

Il m'a servi un café sans l'alcool fort dont il me vantait les mérites, jusqu'à m'en proposer une petite flasque à emporter dans mon périple.

— Ce n'est pas lourd, et ça fait du bien, on ne sait jamais, l'air est rude par chez nous.

Je l'ai quitté sur une poignée de main et quelques souvenirs de son village qu'il tenait absolument à me faire partager, comme cette histoire d'un naufrage qui s'était produit il y a plusieurs siècles pendant une procession religieuse.

— Il y a eu des dizaines de morts, des disparus.

Il m'a parlé, alors que j'avais déjà démarré ma mobylette, des multiples crues de l'Aulne, dont la dernière au printemps passé. Mes souvenirs étaient devant moi, et à son café, j'aurais préféré un thé à la menthe en tête-à-tête avec toi. J'aime lorsque, pendant que l'eau bout, méthodiquement, tu rinces le thé et la menthe pour ôter la poussière, avant d'en mettre une poignée dans la théière. Plusieurs fois, tu m'as proposé d'en emporter une, même petite. Aujourd'hui, elle serait rangée sur une étagère, comme une relique, avec à ses côtés, une ou deux casseroles, que je regarderais de temps en temps, en passant. Elles seraient là à portée de main, et je pourrais y chercher une trace de toi, en y préparant un des mets dont j'ai hérité du goût et de l'envie de faire.

Je traverse la rivière à Pont-Coblant, avant de récupérer la route de Coray. Tu ne connais ni ces noms ni ces paysages, à part quelques photos dans les pages d'albums sur lesquelles tu passais vite. Tu ne t'intéresses qu'aux portraits, aux visages, à l'allure générale, aux habits que l'on porte. Tu ne veux être prise en photo qu'une fois apprêtée, coiffée, les cheveux tirés derrière un foulard. Un jour que chez toi, je regardais par la fenêtre, à l'heure de la sortie de l'école, j'ai vu beaucoup de femmes la tête couverte aussi. Je t'en ai fait la remarque et tu m'as répondu que c'était normal, les femmes doivent retrouver la tradition, la religion, se couvrir dès qu'elles sont en âge de le faire. Ce n'est plus comme avant, où l'on pouvait marcher dans la rue tête nue. Dans ce quartier où les habitants vivaient à l'unisson, certains vous ont vendu des coutumes, des signes, des dogmes plus sûrs que des menottes. Des serrures qui enferment les cheveux, le visage, et peut-être l'esprit. Alors qu'avant tu allais chevelure et visage au vent, aujourd'hui tu t'accoutres d'un genre de chapeau blanc ramené de La Mecque, à moins que tu ne l'aies acheté ici, dans une boutique où ce genre de vêtements foisonne. Et je me dis que cette femme qui va ainsi, ce n'est pas toi au fond, pas celle de mon enfance. Cet habillement qui change ta silhouette, tu le portes comme un titre de gloire. Des jeunes gens de la cité, lorsqu'ils te croisent le jour du marché, te demandent parfois l'autorisation de poser leur main sur ta tête. Pour eux, c'est un honneur, de toucher la *hadja*, la femme pèlerin qui est allée deux fois en Terre sainte. Devant cela je préfère rester silencieux, plutôt que d'avoir à t'affronter inutilement. Chez toi, qui as toujours vécu ici, je ne comprends pas la raison de ce changement tardif, même si j'en connais les causes.

À l'heure qu'il est je respire l'air des Montagnes Noires, chantant à pleine voix : "De plaines en forêts, de vallons en collines, du printemps qui va naître à tes mortes-saisons, de ce que j'ai vécu à ce que j'imagine…" Une chanson qui me tient à cœur depuis des décennies, qui est pour moi celle qui représente le mieux ce pays où l'on vit. "Ma France… Ma France…" Des paroles qui évoquent un monde de luttes et d'espérance, des mots qui nous séparent à présent, car tu n'aimes plus ce pays je crois. Est-ce l'idée de la mort qui approche ? Dans ta tête s'est établie une frontière que je refuse pourtant d'admettre, même si, comme en tapisserie, tu tisses des regrets, tu caches des colères trop longtemps contenues. Tu me parles souvent des invectives, du racisme que nous avons subi. Ma mémoire a fait le tri. Toi tu penses aux couvre-feux des années 1960, aux humiliations qui ont été infligées à ton mari, à ce temps qu'il a passé auprès de toi, étranger partout, traité comme un moins que rien, avant de finir sur une dernière vexation, un outrage à la hauteur du manque de considération dont il a souffert toute sa vie. Une vie de labeur, pour une retraite aux allures d'insulte. Tu conserves ces moments durs en toi, pour ne plus croire en cette France que je chante à tue-tête. Comme dit la chanson, elle est pourtant celle du vieil Hugo tonnant dans son exil. C'est elle qui nous a forgés, nous a appris à tenir, malgré les invectives, les quolibets. Là-bas, nous ne serions plus que poussière, balayés par une grande sécheresse, une fièvre pernicieuse. Ou muselés, sans espoir et condamnés comme les teneurs de murs, à la fuite inutile des jours. Ton périmètre s'est restreint, tu parles de l'Algérie de loin en loin.

— Au bled, toutes mes sœurs sont mortes, je suis la dernière, à quoi bon y aller cette année ?

Tu entasses pourtant, dans ton placard surchargé, des cadeaux pour d'autres, plus jeunes, que tu veux remercier parce qu'ils te véhiculent lorsque tu séjournes à Arzew ou Oran. Tu mets de côté pour tes ultimes voyages, de la vaisselle, encore, des vêtements pour une nièce, des chaussures pour un neveu, des gens que je n'ai jamais croisés. Dans les cartons, il y aura peut-être leurs photos, d'anciennes lettres que tes enfants te lisaient et que tu gardes, parce que même si tu ne sais pas lire, tu as le respect pour ces souvenirs d'encre. Tu n'as, je crois, qu'une idée vague, lointaine, de ce que peut être l'écriture, ce qu'elle permet, ce qu'elle ouvre de chemins. Vous êtes toujours allés en tâtonnant, en devinant un numéro, une adresse. Quand tu me demandes ce que j'écris, sans attendre de réponse, tu me dis, il ne faut pas critiquer, hein ? Tu ne critiques personne au moins ?

Certainement parce que tu sais que beaucoup d'écrivains sont morts en Algérie pendant les années noires.

## 3

## LES QUATRE VENTS

Trempé par l'humidité du jour, j'ai accepté l'invitation d'un ami dont la maison se trouvait sur ma route. Les Quatre Vents, c'est le nom du hameau. Lui aussi est étonné que j'entreprenne ce retour vers toi de cette manière. Mais il n'a pas insisté, et s'est contenté de mes minces explications. C'est quelqu'un qui a bourlingué bien plus que moi, à la barre de navires qu'il emmenait de Bretagne aux Antilles, partant tour à tour de Port Manech, de Lorient ou de Roscoff. Un métier qui use les hommes avec des escales festives au-delà du raisonnable. De trop fumer sa gorge s'est enrayée, de trop vivre en déséquilibre, sa démarche s'est faite plus incertaine. Il me propose pour la nuit la sommaire cabine d'un voilier posé sur cales, au fond du jardin, un dernier souvenir de ses voyages au long cours, cadeau d'un client fortuné. Le lieu a gardé un aspect plaisant et agréable. Tout est propre, à sa place, ne manque plus qu'un peu de roulis, un brin de tangage pour croire que l'on navigue au près en remontant le vent. Ce petit intérieur coquet me fait penser que pour la première fois de ta vie, tu vas te retrouver dans un logement neuf, toi qui as connu tour à tour les bicoques rafistolées d'après guerre, les logements aux murs couverts de salpêtre, que l'on daignait louer aux immigrés. Vous étiez les messagers avant-coureurs d'une lignée de pauvres, venant de ce côté-ci de la mer chercher de quoi faire vivre leurs enfants, leur famille restée en Algérie. Tu refuses aujourd'hui d'aller t'installer dans cet appartement, alors qu'à ton arrivée en France, tu n'avais même pas d'eau à ta disposition pour la toilette ou le ménage. Je me souviens de la maison près de la bergerie, puis d'une autre, modeste encore et minuscule car nous étions de plus en plus nombreux à y vivre. C'était la guerre là-bas, dans ton village aussi les gens se faisaient tuer à bout portant, sans sommation, parce que la haine, la rage étaient monnaie courante et que certains soldats ne se faisaient pas prier pour exécuter des ordres empreints de mépris, de haine et de violence. Un jour, sans doute pendant des vacances que nous passions là-bas, tu as vu partir sous tes yeux un vieillard emporté dans une rafle, parmi d'autres hommes, adultes et jeunes cueillis le long de la route, dans une vigne où ils travaillaient. Tu les as vus monter dans le camion, recevant des coups de crosse dans les reins, et ne jamais reparaître, disparus corps et biens. Mis en miette à l'abri des regards par l'explosion de grenades lancées par des militaires conditionnés. C'était la guerre en ton pays, et la faim aussi, la terreur pour ton mari, pour ton frère, sollicités de toutes parts, tiraillés par d'impossibles choix.

Ce soir, je dors dans une cabine qui aurait été un luxe en tes périodes de disette, lorsqu'il te fallait entasser des lits contre des lits, des matelas contre des matelas, pour caser tout ton monde. Dehors tombait la neige, en cette campagne paisible. Très tard, pendant des heures, tes yeux allaient d'ouvrages en aiguilles, triant une laine que tu lavais le jour, que tu cardais aussi, avant de fabriquer ces couvertures épaisses que tu collectionnes aujourd'hui. Dans ta chambre, la pile s'élève jusqu'au plafond, et tu te demandes où tu pourras ranger tout ça, dans cet ailleurs que tu ne veux pas connaître, parce que tu le redoutes. Quatre-vingt-quatre ans. Ce n'est pas un âge à jouer les nomades, le cœur est fragile, la tête somnole et oublie. Comme si pendant des années, tu t'étais agrippée à ces objets, ces tâches, pour ne pas perdre pied, te construire une existence, où même les enfants, s'ils te donnaient une part de bonheur, ne suffisaient pas à te guérir de je ne sais quelle maladie venue de loin. Ta jeunesse confisquée, ta mère qui disparaît trop vite, tes bras loués aux voisins plus aisés, aux colons complices qui profitent de cette main-d'œuvre disponible. Le temps des jeux d'enfants s'est vite effacé, à genoux tu frottais au savon noir le carrelage des intérieurs coquets, tu passais le plumeau, les chiffons à poussière sur des meubles lustrés.

*Quand je voyais les femmes des colons... Pas toutes. Il y avait des Français pauvres en Algérie, des Espagnols aussi, comme nous. Mais des colons qui profitaient de nous, il y en avait beaucoup. Et leurs femmes s'habillaient pour montrer leurs richesses. Nous étions nés comme ça, avec rien dans les poches, presque rien sur la peau, les cheveux sales. Alors je les regardais de travers, ces belles dames qui m'envoyaient passer la serpillière pendant qu'elles se maquillaient, se regardaient dans les miroirs. Je les jalousais bien sûr.*

Chez les "Européens", on vit debout, ou assis sur des chaises, dans la lumière. Chez ton père, c'est au ras du sol que la vie se passe, pour manger ou dormir. Tu frottes la journée, et le soir, c'est pieds nus que tu rentres à la maison, rapporter quelques pièces qui serviront à acheter un supplément de nourriture. Le ciel que tu pries aujourd'hui a pleuré plus souvent qu'à son tour. Les yeux rivés sur la petite ampoule qui éclaire l'aiguille de la machine, je te regarde faire ces gestes machinaux, tout en envoyant dans l'espace clos du salon, des prières pour le départ des proches, que tu entrecoupes de phrases sur le petit-déjeuner, sur ces gâteaux que tu as toujours mangés le matin, et que tu continues à pétrir, même si le sucre est dangereux pour toi. La vieillesse est un dépouillement, une dépossession, l'hiver de la vie emporte les dernières illusions, les pommiers en fleurs, les amandiers de ton enfance. La mienne avait des airs d'accordéon. Dans la cour de l'école du village, les soirs d'été, des orchestres s'installaient sur des estrades, et le musette s'envolait sous les quelques lampes multicolores accrochées sous le préau. Je me dandinais sur un banc contre le mur, n'osant pas me lever pour me glisser dans la cohue, entrer dans la danse. Certains hommes, très jeunes, portaient une tenue militaire. Des soldats revenus de l'enfer, ou en partance pour le "casse-pipe", qui nous lançaient des regards lourds de reproches. Nous étions chez eux, pendant que là-bas en Algérie, leurs amis versaient leur sang. Il se murmurait que de toute façon, les bougnoules retourneraient bientôt dans leurs gourbis, dans quelques mois, quelques semaines, le temps que de Gaulle brade tout ça. Un vieux voisin nous répétait souvent que c'était fini, l'Algérie de "papa". Ignorants des discours du Général, nous ne comprenions rien à cette phrase.

Lorsque je te voyais arriver le long de la grille de l'école communale, je savais qu'il était l'heure de rentrer. Tu mettais ton bras sur mon épaule et nous parcourions ainsi la centaine de mètres qui nous menait à la maison. La distance qui nous séparait aussi de la plupart des gens du village. La période était difficile, car à chaque méfait commis dans le voisinage, on regardait vers vous, vers nous. Un vol avait eu lieu chez un vieil homme qui gardait chez lui, comme tout le monde à l'époque, ses économies dans sa chambre, au fond d'une boîte rangée dans une armoire. Des gens étaient venus une nuit lui dérober son argent. Le lendemain, c'est au FLN que l'on attribuait cette rapine. Le détrousseur était forcément quelqu'un de bien renseigné, quelqu'un qui connaissait les habitudes du vieillard. Nous habitions tout près. Pendant plusieurs jours, nous nous sommes sentis coupables, vous, les parents, autant que nous, jusqu'à ce qu'un maraudeur soit confondu et arrêté par les gendarmes. À l'école, l'institutrice en avait profité pour faire une leçon de morale sur le bien, le mal, et lorsqu'elle prononçait ce mot, j'avais l'impression qu'elle ne regardait que moi.

Un jour, croyant bien faire, j'avais abattu un arbre, à la hache, dans la forêt qui surplombe le village, pour le transformer en bois de chauffage. Une vieille dame me voyant passer avec mon étrange équipage, m'a d'abord traité de tous les noms, m'accusant tour à tour d'abîmer le goudron de la route en traînant le tronc derrière moi. Elle m'a reproché aussi de faire trop de bruit devant chez elle, s'insurgeant contre le fait que les Arabes venaient même leur voler leur forêt. À peine avais-je mis le pied chez nous, que le garde champêtre est arrivé sur mes talons. Tu t'es excusée devant lui, me tirant peut-être l'oreille pour faire bonne mesure, en disant que j'étais trop jeune pour savoir que les arbres appartenaient à la commune. L'homme m'a toisé d'un air peu aimable en répondant.

— De toute façon, vous allez bientôt repartir au bled à coups de pied au cul.

C'est lui qui est parti avant nous, car il est mort deux ou trois mois plus tard. Il buvait paraît-il. Nous sommes restés longtemps au village de Monteynard et en France. Nous y sommes encore. Toi, tu faisais des enfants, et nous, nous courions à travers champs comme une volée d'oiseaux migrateurs, allant d'arbre en arbre, de saison en saison. Cerises, prunes, noix, tout était délicieux, avait un goût de liberté.

Ma mobylette fait soudain des siennes alors que je viens de passer Inzinzac-Lochrist. Curieux nom de bourgade que le carburateur n'aura pas supporté. Me voilà, au bord d'une autre rivière en train de démonter la pièce, mettant de côté comme nous le faisions souvent dans les caves de la cité, le gicleur, le ressort, le pointeau. J'ai appris à réaliser cette opération de nettoyage avec mon père. En quelques gestes précis, et une aspiration, le moteur retrouve son rythme régulier. Mes mains et ma bouche empestent l'essence, je me penche sur l'eau pour me rincer. Au moment où je me retourne, je vois arriver un troupeau de chèvres blanches menées par un homme tenant un long bâton en main. Aussitôt, il me fait penser au père Jules, un berger du village qui vous aimait beaucoup je crois. Un samedi, au milieu d'un hiver froid, tu avais envoyé ton mari chez lui, pour qu'il négocie l'achat d'un vieux poêle à charbon dont il ne se servait plus. Sans demander un sou, il avait livré lui-même l'appareil dans une remorque, avant d'aider à l'installation et au montage des tuyaux. Il était un des rares dans ce village à n'avoir envers nous ni ressentiment ni animosité. Cela nous changeait de tous les grincheux qui passaient devant nous, l'œil torve, l'injure au bord des lèvres. Lorsqu'il est mort, tu m'as demandé d'aller à son enterrement. Je suis resté au dernier rang du cortège, impressionné par le cheval caparaçonné de noir qui tirait le corbillard.

Au chevrier d'Inzinzac, j'ai expliqué mes ennuis mécaniques, la route longue qui m'attendait, à travers le Morbihan, la Touraine et le Puy-de-Dôme. Étrangement, il a compris le sens de ce long cheminement.

— Ici chez nous, on allait beaucoup à pied. Pour travailler, pour le pèlerinage.

Il me parle alors du Tro Breizh, ce tour de Bretagne que devaient effectuer les croyants une fois dans leur vie. En allant à La Mecque deux fois, tu as le sentiment d'avoir effectué le tien. Même si aujourd'hui, on te pousse, comme d'autres, à y retourner encore et encore.

— Mme Flici y est allée sept fois.

Sept fois le risque de mourir piétinée, étouffée par une foule en transe. Tu n'iras pas une troisième fois, et tu portes cela comme un regret, tu en parles, tu le répètes. Ce Dieu est insatiable, et vous demande toujours plus. Comment pourrais-tu à ton âge aller affronter la fournaise, les fatigues d'un long voyage, toi qu'une marche de quelques minutes essouffle ? Tout cela me paraît étrange, sans doute parce qu'il me manque des moments de vie avec toi, des temps que nous n'avons pas partagés, des grèves de calme et de sable blanc pour aller, se tenant la main, faisant pour une fois langue commune, nos cœurs ouverts à tous les silences. Ton cœur est entré en automne, dans ton immeuble à l'abandon, je ne fais que passer, pendant que tu as accumulé ici des souvenirs qui ne sont plus les miens. De ta fenêtre, tu as regardé souvent les maris qui buvaient rentrer ivres chez eux, en louant le tien de n'être pas des leurs. Tu as vu s'en aller quelques voisins, poussés ailleurs par la misère, un retour définitif au pays. Ils sont rares à l'avoir fait, et tu portes certainement cet impossible choix comme une écharde.

Un autre Dieu porte des épines sur la tête, chez toi, je ne sais où elles sont fichées.

# 4

# LA MÉMOIRE

Sur un fourneau à charbon, une bouillotte sifflote. Il y a sur le côté droit, un compartiment qui contient de l'eau. C'est notre source d'eau chaude. Un robinet sert à remplir le fond d'une bassine pour que mon père se rase, ou pour laver le visage barbouillé d'un enfant. Un four permet la cuisson d'un gigot d'agneau, d'un poulet ou d'un quartier de dinde le dimanche. Comme ailleurs dans le village, une marmite contenant de la soupe bouillonne en fin de journée. Soupe aux poireaux, aux choux, aux pommes de terre. Très souvent, le père Jules nous offre un fromage qu'il fabrique lui-même avec le lait de ses vaches. C'est à cela que je pense fréquemment, lorsque je veux dessiner les contours de ce temps disparu. J'avais décidé de ne pas me préoccuper de celui qui court, ne pas compter les jours de traversée. Après Languidic, j'ai pris la direction de Pluvigner, par des petites routes, loin des axes bruyants et dangereux. Pour ne pas user définitivement la vieille machine, éviter de froisser la mécanique, j'ai décidé de n'effectuer que de brèves étapes. Au risque de te faire attendre, mais qui attends-tu vraiment aujourd'hui ? En ce moment, tu dois regarder la télévision comme souvent, celle de la parabole. Un jour, nous avions passé presque une heure devant l'écran de la propagande, à la veille d'élections en Algérie. Tout le long des rues empruntées par un cortège officiel, des gens agitaient des drapeaux. Il y avait là des jeunes, des hommes, des femmes hystériques comme les autres. Tu m'avais dit :

— Elles ne seraient pas mieux chez elles, celles-là !

Parfois, tu as le verbe dur. Tu l'as eu toute ta vie envers ton mari, en étant peut-être plus tendre avec lui aux abords de sa mort. À présent, lorsque tu prononces son nom, tu termines ta phrase par une formule religieuse. Dieu ait son âme, que Dieu le protège. Mais lorsqu'il était encore là, tu ne supportais pas son inconséquence, ses changements fréquents d'employeur. Tu le tenais pour responsable de cette aumône qui lui fut versée en guise de retraite. Une obole méritée tant il a, à tes yeux, fait preuve de manque de sérieux. Dure en paroles, pour te venger de toute cette fatigue sur tes épaules et dans tes yeux, du mépris dans lequel il semblait te tenir.

Les hommes sont violents chez nous.

Comme s'il était normal d'élever la voix ou la main sur une femme. Mais qui vous aurait appris les bonnes manières, l'usage de la tendresse, en ce monde où la main de l'homme est considérée comme celle de Dieu ?

Finalement tu as gommé le plus violent, le plus mauvais, parce que les jours d'avant se mélangent aux jours d'à présent. Tu ne te souviens plus d'une visite que nous avions effectuée quelques semaines auparavant, sur le chantier où commençait à s'élever une petite cité destinée à reloger une partie des habitants du quartier. Je t'avais montré le plan des immeubles affiché sur un panneau, pour te rassurer, te montrer que tu n'irais pas très loin de chez toi. La même Poste, le même bus pour aller en ville, ton médecin tout proche, des commerces à quelques minutes. J'en suis surpris, mais tu as oublié ce moment, les souvenirs se grignotent, c'est une évidence. J'ai peur que tu ne deviennes une femme déroutée, par sa mémoire errante, que dans dix jours, à mon arrivée, tu ne me reconnaisses pas. Ni les rues alentour, ni ces allées familières. Tu entres dans la nuit en vieillissant. Et si tu entrais dans une autre nuit, fermée aux visages connus, aux repères sûrs, aux objets coutumiers ? Lors de nos derniers tête-à-tête, je me rendais compte que tu perdais le fil des choses, alors que te reviennent des faits anciens que tu es seule à connaître, dernier maillon d'une chaîne venue des autres siècles, d'un autre continent. Tu viens d'ailleurs, on vous l'a souvent reproché. D'une terre en feu, d'une terre sèche. Tu viens de l'amour absent, de la soumission. À la différence, nous n'avons rien vécu de cela. Ne savons pas l'exil, lorsqu'un pays vous manque, une ruelle, un chemin, le parfum des figues gorgées de soleil, l'odeur des palmiers le long des routes, ou la senteur de l'orange à peine cueillie sur l'arbre. Tu es seule à savoir, et la dernière, à pouvoir raconter une veillée au bled, une procession, une fête menée par les *karkabous*. Je crois que c'est leur nom. Personnages étranges, musiciens et danseurs, traversant les villages au rythme des tambourins, des *derboukas*, pour une aubade qui insensiblement approche de la transe.

De ces musiques, ces chemins, de cette époque révolue, tu as gardé la peur de manquer. Elle demeure malgré les années. Boîtes de sucre entassées, paquets de thé, dont personne ne viendra à bout. Ton congélateur empli jusqu'à la gueule. Du beurre pour une colonie, du sel pour la mer Morte, de l'huile pour les beignets, les sardines, les boulettes de viande. Pour des pommes de terre longuement revenues, *batata maklia*, dans ta langue. Pour les oignons capables de vous ouvrir la mémoire, vous relatant un lointain mariage entre le poivron et l'aubergine.

Tu ne manqueras de rien. Ceux qui t'entourent t'aiment, même s'ils rient parfois de tes erreurs, de tes petits oublis, tes répétitions. Lorsque ces choses commencent, les sourires sont de mise, et puis un jour, le silence tombera, la gêne ou la honte viendront. Tu ne manqueras de rien, même si au début, il y a longtemps, il y eut la grande crainte de mourir de faim. Si tu pars, qui va nous dire que nous venons d'une légion de mal nourris ? Que cette privation est inscrite dans nos gênes, même si nous avons toujours mangé à notre guise.

J'avance à l'allure des vents légers, l'océan va s'éloigner. Bientôt en vue, ce village. Moustoir-des-Fleurs. Je m'y suis arrêté plusieurs fois pour rendre visite à un ami africain, amoureux de la cathédrale de Vannes. Il m'avait même attiré avec lui au début du mois, pour le pardon de Notre-Dame du Roncier. Comme souvent en ce pays, cela commence par une légende, histoire vraie ou imaginée, d'un paysan découvrant une statue dans les ronces. Aussitôt, sa fille, aveugle de naissance, recouvre la vue, avant que d'autres enfants ne retrouvent la santé, le bonheur après avoir porté la main vers ce buisson. Depuis plus de trois siècles, les processions se suivent dans les rues de Josselin. Curieusement, ce sont ces pavés, ces pierres qui me parlent de la terre où nous vivons, celle que je considère mienne.

Le soleil émerge enfin en haut d'une côte. Poussive, la mobylette souffle et souffre. Je l'aide en donnant quelques coups de pédales, mais je m'essouffle aussi. Me prend l'idée de la mort me terrassant dans cette difficile montée. Aller vers toi, c'est aller vers la mort, tout nous conduit à cela, une porte va se fermer, une douleur va naître, qui s'appelle absence ou manque. Le deuil est un mot vide de sens. J'espère simplement qu'il n'est pas arrivé pour toi, le temps des dernières fois. Marche ou sortie lointaine, à pied, en bus, en voiture. Pour aller encore faire semblant d'acheter des objets superflus, quelques mètres de tissus inutiles, aller à petits pas fleurir et nettoyer méthodiquement la tombe de ta fille que tu visites patiemment depuis plus de vingt ans. Peut-être accorderas-tu un ultime rendez-vous à ton frère cadet, le dernier lui aussi. Qui partira le premier parmi vous deux, laissant l'autre définitivement orphelin ? C'est lui qui t'avait rapporté un jour, alors qu'il n'avait que huit ou neuf ans, un morceau de miroir brisé récupéré sur un talus, un bord de route, ou dans la cour d'une propriété de colon. Tu l'avais reçu comme un trésor, pour t'amuser et t'admirer sur ce minuscule bout de verre poli, dans son reflet, t'autoriser à des jeux de petite fille, toi qui n'y avais plus droit depuis le décès de ta mère. Pendant quelques instants, tu retrouvais l'enfance, faisais semblant de te passer les yeux au khôl, dessiner ta bouche et tes pommettes en les caressant d'huile d'argan, tresser tes cheveux après les avoir badigeonnés de *rhassoul*. Un bref instant où, grâce à cet éclat de miroir, tu pouvais encore te laisser aller aux jeux, aux émotions de ton âge. Tu faisais mine, avec les poupées de ta cousine, de protéger ta couvée, la rassembler autour de toi. Gestes tendres, et prémonitoires, pour toi qui as donné vie à quatorze enfants.

C'était un miroir brisé.

Je suis enfin arrivé au sommet de la côte, nous pouvons respirer, la machine et moi. Je peux reprendre à pleine voix un refrain : "Que l'on soit quatre cinq six ou sept, on est heureux nationale 7". Même si j'en suis encore loin, cette chanson me donne des ailes, j'ai l'impression que soudain j'enfourche un autre engin propulsé par de puissants moteurs. Ce n'est pourtant que l'ivresse du chant, et de la pente descendante. Au prochain bourg, je ferai halte pour acheter quelques victuailles, un peu d'eau, et trouver une cabine téléphonique. T'offrir de loin une petite conversation, des mots simples comme tu les aimes. Te dire que j'arrive, sans t'expliquer comment. Tu trouverais cela curieux toi aussi. Tu me questionneras sur ma santé, je te parlerai de la tienne. En quelques phrases, tu sauras que tout va bien, et tu ponctueras ces nouvelles par une formule qui dit que tout cela est soumis au bon vouloir de Celui qui veut. Celui qui décide des bonheurs et des chagrins. Celui sans qui rien ne serait. La sonnerie retentit dans l'appartement, je t'imagine te levant de ton fauteuil, ou quittant la cuisine précipitamment, un chiffon à la main. Cela ne dure pas très longtemps d'habitude, et ta voix est au bout. Tu demandes qui est là, et je crie toujours mon prénom en guise de réponse, pour ne pas être confondu avec un autre.

— Comment vas-tu ?

— Et toi ?

— Oh tu sais, je suis fatiguée, je suis vieille. Et toi ?

— Moi, ça va.

— Tu passes me voir bientôt ?

— La semaine prochaine. Tu seras encore là, dans cet appartement ?

— J'en sais rien mon fils, ça me fatigue cette histoire, ça me fatigue, je suis bien ici.

— Oui, mais ils vont démolir.

— Oui, ils vont démolir, mais on était bien ici.

— Tu as rempli les cartons ?

— Non. Il y a trop de choses. Par où commencer ?

À peine, deux ou trois minutes d'échange et tout semble dit. Le téléphone arabe est économe, ne va qu'à l'essentiel. Des mots sur le temps, des mots pudiques de gens simples, qui ne disent pas l'amour, le désamour. Pourtant ma mère, nous nous sommes aimés, je t'ai aimée un jour, calé contre ton sein, ou près de toi des heures entières, à tel point qu'une nuit tu as failli m'étouffer, car je m'étais glissé sous les couvertures pendant ton sommeil. Je t'ai aimée, avant que n'arrivent les autres et que ne s'installent la jalousie envers eux, de la colère inconsciente contre cette forme d'injustice. La première, la plus terrible. Adorer, et puis se séparer.

# 5

# LES MOTS

Je me suis arrêté au bar-tabac d'une petite bourgade. Envie de me réchauffer, de voir du monde et de t'envoyer une carte postale qui arrivera avant moi. Même si tu ne sais pas déchiffrer les mots, ceux qu'on écrit sur une envie, et qui parfois font plaisir. Nous n'avons pas partagé cela. À la maison, je lisais tout de même, malgré le bruit ambiant, accroupi contre un mur, ou sur un coin de table, au milieu des épluchures de légumes de la soupe du soir. Il arrivait que des mots inconnus se mettent en travers de ma route. Mémorable, prévoir, inciter, semblable. Je ne pouvais pas te demander ce qu'ils voulaient dire. De ne pas oser le faire, installait du silence au lieu d'une question, d'une réponse qui rapprochent. Peut-être, dès cet âge le désir de ne pas vous mettre en difficulté, avec cette langue que tu parlais pourtant assez bien, alors que ton mari s'y perdait. Tu savais celle de la vie de tous les jours, mais pas celle qui va dans les détails, tu parlais peut-être avec des mots simples et directs, et nous, avec des états d'âme. Ceux qui venaient des livres représentaient peut-être pour vous un langage savant qui autorise à aller loin, mais une langue qui sépare aussi. Je trouve étrange d'avoir pu lire cette première phrase, vers cinq ou six ans. "Cherchez Dieu en toute chose." Elle ne t'était pas destinée, mais elle est tellement présente aujourd'hui dans ta vie, comme si tu avais besoin de cet étendard pour exister. C'est pour moi une grande incompréhension.

À la maison, tes phrases n'étaient pas celles du dehors, celles de l'échange, qui permettaient des achats chez les marchands ambulants, d'entreprendre des conversations sur la pluie et le beau temps. À celles-ci je préférais la langue des mots rares et faire rimer celle qui m'emportait déjà, peut-être ailleurs, un peu à l'écart de vous. Au village, les "camarades d'école", qui pouvaient vite devenir nos ennemis en ces temps de guerre d'Algérie, nous disaient souvent que nous parlions "comme une vache espagnole" ! Pourquoi une vache, et pourquoi espagnole ? Je n'ai connu le sens de cette expression que plus tard, essayant simplement à cette époque de manier un français capable de les épater, de leur damer le pion.

C'est pour éviter ces invectives que j'aimais t'entendre utiliser "leurs" mots. Il fallait bien qu'un jour, ils deviennent les nôtres. Tu vivais loin de tout dans ce hameau donnant sur les montagnes, et en même temps, vous fréquentiez des gens d'un autre monde. Des professeurs attentifs à vos déboires, votre déracinement. Parmi eux, un homme qui m'a toujours fasciné avec son épaisse barbe blanche tachée de nicotine autour des lèvres. Sa femme tenait un magasin de chaussures, dans la ville voisine, et c'est chez elle que nous allions jouer chacun notre tour à

Cendrillon. Les grands étaient les premiers servis, avant que les paires usagées ne reviennent de plein droit aux suivants. Par chance, tu avais eu quatre garçons à la suite, si rapprochés les uns des autres que les chaussures ne prenaient pas le temps d'être rangées dans un placard en attendant que les pieds des plus petits grandissent.

Cet homme à la barbe fournie m'a expliqué un jour que c'est lui qui inventait les mots croisés que l'on trouvait dans le journal, et pour m'épater, il m'a montré qu'il signait sa grille : Draim, l'anagramme de Miard, son véritable nom. Grâce à votre ami, cette connaissance que vous aviez rencontrée un jour, je ne sais comment, longtemps je me suis intéressé aux mystères des voyelles et des consonnes qui se croisent. C'est à lui, sans doute que je dois l'amour des phrases, l'amour des yeux plongés dans les pages d'un dictionnaire, à la recherche de la perle rare, de celle qui surprend.

C'est à nous que ces personnes attentives ont appris l'art et le besoin des phrases qui se déclinent à tous les temps. Mais tu es restée à l'écart, à la porte de l'école, comme dans ta jeunesse laborieuse. Alors, pas de carte postale, juste cette poignée de clichés rituels au téléphone. C'est plus simple. J'appelle le plus souvent possible, au hasard, mais aussi pour la fête des mères, pour mon anniversaire qui est forcément le tien. Je crois que c'est important pour toi, comme de passer, même brièvement, lorsque c'est possible. Une manière de te donner la preuve que tu existes aux yeux des autres ne serait-ce que pour montrer, étaler tes trésors que tu ne veux pas quitter, qui te relient au monde, t'amarrent encore au quai de l'espérance. Nous étions si nombreux autour de toi, et tu n'as pas eu l'impression que tes enfants grandiraient, avant qu'ils désertent à tour de rôle, sans rancune pour la plupart, même si chacun s'est construit à sa façon. Avec ses forces et ses faiblesses. Nous étions probablement giflés, rabroués, poursuivis à travers une pièce, l'un d'entre nous finissait toujours par payer pour les autres. Parce que tu étais cantonnée à ton rôle de femme, soumise à ce cycle ancestral. Les enfants, la cuisine, avec ce pouvoir de multiplier tes mains. Il t'en fallait six ou dix pour arriver à bout du désordre que nous laissions le matin avant de partir pour l'école. Linge à laver, piles de vêtements à repasser, nous sommes encore au règne du coton. Couvertures et draps à secouer énergiquement pour la poussière et pour montrer que chez toi tout est tenu, ordonné. Même les matelas de laine que tu façonnais se retrouvaient sur le rebord de l'unique fenêtre de la chambre commune, pour prendre l'air. Et puis en creux de matinée, tu plongeais tes doigts dans le porte-monnaie, pour compter les francs, les centimes, les derniers peut-être. Cette angoisse récurrente de la fin du mois tant redoutée. Compter et recompter. Ces verbes d'une enfance. Pour le repas, tu allais compléter à l'épicerie, qui faisait face à la maison, ce qu'il manquait, un paquet de riz ou de pâtes. Mais avant de sortir, tu te parfumais toujours à l'eau de Cologne, pour te montrer aux autres sous ton meilleur jour. Obsédée par le regard des voisins, tu n'allais pas jusqu'à te couvrir de bijoux, ces parures, ces boucles d'oreilles, ces bagues qui faisaient ta fierté. Je savais que tu les cachais dans une boîte métallique sur une étagère. Lorsque des gens de la famille venaient chez nous, tu en sortais quelques-uns, juste ce qu'il faut pour recevoir, mais pas question de rendre les autres femmes jalouses. Plus tard, j'ai su que souvent ces bijoux se transformaient en billets de banque, lorsque les fins de mois étaient trop difficiles à supporter. Tu te défaisais d'une partie de ce trésor, en te promettant de le récupérer dès que tu le pourrais. Quand ton temps sera fini, peut-être trouverons-nous près de toi, cette boîte à biscuits, sans or, mais avec tous nos rêves. Ou une photo de toi, très jeune. Nous n'en avons jamais vu. La première que je connaisse, c'est celle où tu me tiens dans tes bras. Avant, il n'y a rien, pas d'images, comme si tu étais née adulte. Vingt-cinq ans sur celle-ci, et déjà cinq enfants. Deux laissés sous la terre d'Algérie. Trois autres pour qui tu vas te battre, supporter la solitude, le froid de l'eau, du linge mouillé que l'on étend l'hiver. Entre résignation et fatalisme, j'ai l'impression que tu n'as jamais eu prise sur le monde.

Dans la chaleur du bar, perdu dans mes méditations, je m'attarde. Un homme entre et salue à la cantonade avant de se diriger vers moi pour me serrer la main. Il s'installe à la table voisine, commande une bière et me demande si je vais bien. Il veut aussi savoir d'où je viens. Je ne comprends pas le sens de sa question, ni pourquoi il s'adresse à moi particulièrement. En vidant ma tasse de chocolat, je concède que ça va bien, en effet. Je parle un peu de Lesneven, de Brignogan. Mais ça ne lui dit rien.

— Moi je suis de La Vraie-Croix, vous connaissez ?

Sans répondre, je repense à un panneau aperçu à la sortie d'Elven. N'étant pas sûr, je fais semblant de réfléchir pour gagner du temps.

— La Vraie-Croix, vous dites ?

— Si vous avez pris par Questembert, vous êtes sûrement passé devant chez moi.

Je hoche la tête pour confirmer mollement, tout en ne sachant pas où va me mener cet étrange dialogue. Je ne sais pas comment, mais la discussion tourne au bout d'un moment, sur la chanson, son importance dans la vie.

— J'en connais au moins deux cents, affirme-t-il.

Je lance un petit sifflement admiratif.

— C'est beau au début, ça donne du bonheur, et avec le temps, ça devient un souvenir pénible. Hein ?

— Il faut que je reprenne la route.

— Vous allez loin ?

— Non, juste à côté, à Redon.

— Redon ! Ah c'est de la belle ville ça ! Enfin, je dis ça mais j'y ai jamais mis les pieds. Mais y paraît que c'est beau. Je vais y aller un jour, oui…

Au moment où je me lève pour payer ma consommation et prendre congé, il m'emboîte le pas, et je me retrouve sur le trottoir avec lui.

— Ah mais c'est avec ça que vous y allez ? Vingt dieux ! J'ai presque la même depuis qu'on m'a retiré mon permis.

Je compatis, et sans vouloir entendre la suite, j'enfourche la mobylette, pour m'éloigner. Il me fait un signe pitoyable de la main, comme s'il venait de perdre un ami, un bout de vie. Un geste simple qui me rappelle un peu les tiens. Ta façon de ramener dans ta paume, les miettes traînant sur une table après un repas et de les faire tomber dans l'autre. Ta manière de dire au revoir aussi, en me disant : "Va, va, à une autre fois." Pareillement fataliste tu lâches souvent à la fin d'une phrase : "Et puis on meurt mon fils, c'est comme ça la vie." Avec toujours une révérence finale, une référence à Dieu. Le Sauveur est celui qui donne le coup de grâce. Je me demande en répertoriant ces gestes, ce que nous avons vécu de commun tout ce temps. Plus d'un demi-siècle de moments côte à côte ou trop loin l'un de l'autre. Tout cela ne tiendra-t-il que dans quelques pages d'un carnet empli de mots revenus quémander un peu de vie, un peu de souffle avant qu'elle ne s'arrête ? Se dire que malgré tout, cela n'a pas été vain.

Une fois de plus, je vais traverser un pays entier et pourtant, jamais tu ne m'as demandé de t'emmener avec moi, loin de ton immeuble, ailleurs, au bord de la mer. Pour quoi faire, aurais-tu pensé ? Te répondre : "Pour voir comment est le monde ailleurs, comment le vent caresse les dunes, comment les larmes viennent devant un paysage, un vallon, un mur de pierres." Pour toi, pleurer, c'est pour les jours que Dieu défait. Il te rougit les yeux d'épisodes lointains ou proches, de grands malheurs et de bonheurs minuscules. Des naissances, un mariage. Ce que d'autres nomment le "grand jour", et pour lequel on se prépare pendant des semaines et des mois. Chez vous l'adage dit, je crois : "On se marie, après on s'aime." Les vieilles marieuses vous affirment que l'amour viendra un jour, et vous demandent de "vous occuper d'une maison" pas de bâtir des rêves de passion. Elles préviennent qu'avec un peu de chance, on peut trouver chez cet inconnu qui va entrer, un homme bon, peut-être ni pire ni meilleur qu'un autre. Il suffit de croire en son étoile. Elles confient qu'il faudra apprendre à l'aimer, en attendant que vienne l'étincelle. Sans expliquer comment s'y prendre pour faire semblant. D'ailleurs, comment s'y prend-on pour faire semblant ? Je n'ai jamais osé te le demander. Peut-être es-tu entrée dans le silence, en faisant le dos rond, parce que c'est ce qu'il y a de meilleur pour une femme. Les matrones insinuent aussi que le plaisir est à ce prix.

6

# LA RÉVOLTE

Le vent courbe la tête du paysage, lui impose le sens qu'il doit suivre. J'ai laissé à ma droite la Grande-Brière pour retrouver la Loire avant son estuaire. Mon ami Gérard n'est pas chez lui à La Chapelle-des-Marais, sans doute à l'affût dans les roselières, pour traquer le canard souchet ou le tadorne de belon. Je ne peux l'attendre, car bientôt chez nous, un autre vent viendra, remontant de la vallée, des rives du Drac dompté par les barrages élevés par mon père et ses centaines de frères. Le long de cette route où tu allais les jours de mandat au début du mois, chercher l'argent des allocations, en prenant d'abord un chemin bordé de frênes, le long d'un ruisseau. Puis tu passais devant le cimetière, avant de descendre sur la route face au lac. Tu t'es forgée pendant ces longues marches, parfois sous la neige, un caractère, des armes pour te défendre, contre les gens ou l'injustice. Tu craignais par-dessus tout l'injustice, et lorsqu'elle se présentait, tu savais te révolter contre qui t'adressait un mot de travers, un mot dont tu ne comprenais pas le sens profond, une expression que tu interprétais mal. Tu étais capable de faire face au directeur du bureau de poste, pour lui prouver qu'une employée du guichet te volait ouvertement, en prétextant que tu ne comprenais rien à ce qu'elle t'expliquait. Comme si cette part de révolte te redonnait un peu de courage, de force pour le reste, après les nuits inachevées. À cause de ce que signifie d'inquiétudes une famille nombreuse, avec son lot de craintes et de chagrins, pour toi comme pour nous. Tout ce temps passé à remettre de l'ordre sur des gamins dépenaillés, des visages barbouillés de confiture ou de chocolat.

Plus tard, en ville, tu allais dans les administrations d'aide, chez les assistantes sociales. Tu y es retournée souvent à l'époque du début de la famélique retraite de ton mari. Tu patientais, attendais que soit appelé un numéro ou ton nom, pour te lever, tenter d'expliquer à un fonctionnaire las ta situation, en tendant des papiers racornis auxquels il disait ne rien comprendre. Aux arrogants, les pauvres doivent expliquer encore et toujours pourquoi ils sont pauvres, pourquoi il leur manque de l'argent, un soupçon de dignité. L'homme ou la femme derrière la vitre sécurisée répètent sans cesse qu'il leur manque un papier, une signature. Les démunis, à force, apprennent à signer leur propre perte. Mais toi, tu comprends, en plus, qu'il y a trop d'Arabes en France, parce que tu l'entends dans les files d'attente. Parfois, excédée, tu réponds que ton mari a fait la guerre pour les libérer, et que pour le remercier, des soldats français ont exécuté son vieillard de père, qui avait pourtant échappé à la tragédie de 1914. Calmement, si cela ne suffit pas, tu sais ajouter que ton mari a travaillé tous les jours pour la France, et qu'on lui crache dessus quand même.

C'est ainsi que tu te bats, pour rester dans la catégorie des gens ordinaires et dans la norme, ceux qui ont encore un toit, de quoi manger, de la famille et une poignée de vrais amis. Malgré cela, je te connais également souriante et drôle. Tu fleuris ton appartement, tu ramènes des tortues d'Algérie, même si c'est interdit, en les dissimulant contre ton sein. Éternelle cachette de l'amour clandestin. J'en garde encore le souvenir.

Je garde aussi un souvenir précis aussi de ce temps passé dans la petite maison du hameau de Simane, puis dans celle de Monteynard, des images claires me reviennent. L'immeuble, c'est autre chose. On peut le raser, il ne sera jamais notre nid. Celui du temps où, cramponné à ta jupe, j'ai cru te perdre. Accroché de peur d'être abandonné parce que d'autres convoitaient la place. Dans ton cœur ? Je ne sais pas. Mais dans notre vie commune, évidemment. Je ne me doutais pas qu'un jour viendrait le spectacle de la vieillesse à l'œuvre, la démarche qui se fait plus lente, moins assurée, une plus grande fatigue encore sur ton visage, des mots avec moins d'avenir et sans rime. Tu te révoltais et te voilà presque résignée, ne prenant même pas plaisir dans la découverte prochaine d'un appartement, sans ascenseur en panne, sans peinture défraîchie, sans rats dans les gaines à ordure. Au fond, tu voudrais que tout reste en l'état, que le temps qui va venir file ainsi, entre ta cuisine aux anciennes senteurs, la petite table où t'attend la machine à coudre. Refaire des rideaux, même si tu n'en as pas besoin, suivre inlassablement le va-et-vient de cette aiguille sur un tissu qui deviendra jupe ou corsage. Pour rien, même plus pour de l'argent, mais parce que c'est ce qui te donne du bonheur. Tu regrettes, au moment des fêtes, de n'avoir pas pu faire tuer un mouton, sans savoir qui en viendrait à bout. On peut te dire qu'il te suffit d'aller à la boucherie voisine pour acheter le peu dont tu as besoin, rien n'y fait. Il te faut une bête entière à découper, à ranger dans les casiers de ton congélateur. Posséder en quantité, comme au temps de mes tête-à-tête devant la bergerie. La coutume veut que l'on partage avec plus pauvre que soi. Mais dans la ville, où trouver un nécessiteux à qui offrir ce présent ?

Après avoir passé un pont métallique à Mauves-sur-Loire, je suis attiré par le nom d'un hameau. La Pierre-Percée. Comme près de chez nous à Pierre-Châtel, amas rocheux du même nom dominant le village. Une légende encore, d'un bélier, je crois, ayant d'un coup de tête transpercé la montagne, ou celle d'un dragon couché là pour guetter les lacs au loin. Je longe ce qui ressemble à un ancien chemin de halage, donnant sur un ponton où vient d'accoster un petit bateau. Deux hommes déchargent un casier de poissons dont certains gigotent encore. Toujours assis sur la mobylette, je n'ose leur demander si la pêche a été bonne. L'un des deux pêcheurs se dirige vers une voiture garée à proximité, salue son compagnon, avant de s'éclipser au volant de son véhicule, après avoir chargé le panier en osier dans le coffre. L'autre revient vers le ponton, m'offre un vague sourire.

— C'est plus ce que c'était, presque rien dans la bourriche…

— Il y a moins de poissons ?

— Oui, moins de poissons, le gibier c'est pareil, on dirait que c'est parti au diable.

— Vous pêchez quoi ici ?

— Ici, plus grand-chose, il nous faut descendre vers l'île de la Chênaie. Mais même là-bas, y a plus l'ombre d'une solette ou d'un éperlan. Avec de la patience, on arrive à choper des bars ou des mulets. Ils sont rares aussi, ils sont rares…

— Depuis longtemps ?

— On ne sait pas trop, mais avec la marée noire de 2008, ça a empiré, on dirait que les poissons sont partis ailleurs. Mais enfin, on n'y peut rien. Vous venez dans le coin pour pêcher ?

— Non, je rentre chez moi, et j'ai pris ce chemin au hasard.

— Drôle d'idée, moi je vais rentrer chez moi. C'est juste en face.

Il me montre de la main une maison cachée sous les arbres, de l'autre côté du fleuve, au ras du tapis de brume. Puis il rallume son mégot, me salue avant de grimper sur son embarcation et gagner la rive opposée. Ici, comme chez nous, ce monde revenu d'une époque lointaine, un monde révolu qui s'estompe, alors que tes yeux déclinent. J'ai gardé définitivement le besoin de cette atmosphère, des humeurs du matin, de la lassitude des ciels, ces bruits familiers d'un vanneau ou d'un canard dans les taillis, de l'écho d'un meuglement au loin, de la présence silencieuse d'un héron, ou d'un renard le soir venu. Si le monde ressemblait à un livre d'images, il prendrait sa palette de couleurs dans ces lieux. Au bout du fleuve lent, je sais aussi que naissent d'immenses navires dans les chantiers navals. Comme ceux qui nous ont fait traverser tant de fois, pour les vacances, lorsque nous allions là-bas dans ton pays, visiter une famille, des proches, et que nous devions tenir notre rang d'exilés parvenus. Avant le départ estival, il y avait le temps des préparatifs, l'achat des beaux vêtements, la confection des repas pour le long voyage. Et puis une voiture conduite par un voisin, ensuite le train, de Grenoble à Marseille. Un court trajet de la gare au port, dans un taxi capable de nous contenir tous, les bagages compris. Enfin la vue des paquebots, l'attente avant l'embarquement, les lourds fardeaux, la descente vers les fonds de cale, en troisième classe. Là où s'entassaient la plupart de ceux qui croyaient qu'ils étaient devenus des gens importants parce qu'ils portaient costumes, belles robes et chaussures cirées. Mais au cœur du navire, nous étions encore pauvres parmi les pauvres. Riches en apparence, des cadeaux emportés pour ceux du pays, mais comme tout un peuple, allongé pour la nuit sur de maigres couvertures, dans l'odeur fétide des estomacs meurtris et des souffles nocturnes. Le bonheur du retour vers ton pays commençait par ce mauvais rêve. Il fallait passer par ces moments pour mériter le jour venu un peu d'air sur le pont, la nage harmonieuse d'un groupe de dauphins longeant l'étrave. Lorsque apparaissait au loin

Oran, cette ville que nous étions venus chercher, s'estompaient les tourments, les petits malheurs d'une nuit agitée. Commençait alors la farandole des visites et des invitations, des embrassades, et pour nous, au bout de quelques jours, de l'ennui. Nous ne connaissions rien à ton pays. Tu sais à présent que nous laissions sur l'autre bord plus qu'une petite maison. Il restait derrière nous les odeurs que je retrouve ce matin sur les bords de Loire. Le parfum de la campagne humide.

Je vais reprendre ma route matinale, humer l'air du pays. Seras-tu encore vive et souriante dans quelques jours ? Aujourd'hui j'appréhende un peu les coups de fil venant de chez toi ou me donnant des nouvelles de toi. À ton âge, si on m'appelle, ce sera de toute façon pour quelque chose d'important, ou une petite opération. Mais à quatre-vingt-quatre ans, il n'y a plus de petites opérations. Si on t'endormait et qu'après, s'installait un grand vide ? Elle ne s'est pas réveillée. Le cœur était faible, vous savez. Pourtant…

Tu sais que le corps lâche à petit feu. Un calcul dans un rein, trop d'émotions dans une vie, trop de sucre pendant les fêtes, trop de nuages à brasser, à chasser bien souvent. Pourtant souvent si drôle malgré les mauvais coups, tu nous emportais vers le bonheur que tu savais donner, l'affection hâtive, une caresse sur la joue, un baiser sur le front. Même si aujourd'hui tout se brouille, dans ta mémoire et la mienne. Mais je calais ma bouche dans ton cou, là où pendait une chaîne en or, le temps d'un petit répit pour toi, d'une pause tendresse pour moi. Je ne savais pas alors que tu me nourrissais aussi de cette manière-là. Pour nous rassasier, tu posais sur la table d'autres nourritures. Soudain, dans cette campagne ligérienne, j'ai envie de goûter à la panse de brebis farcie, ce trésor que tu cachais loin de nos yeux et de nos mains de chapardeurs gourmands. Désir de plonger mes doigts dans la jarre de terre où dormaient dans le miel les gâteaux à la semoule. Lorsque nous en soulevions le couvercle, l'arôme de la cannelle s'engouffrait dans nos narines. Combien de fois avons-nous retrouvé dans cette jarre la joie de vivre et l'insouciance ? Tu m'as toujours tenu par ces parfums, ces sensations sous le palais, car tu savais que cela valait autant que dix mots d'amour, une bordée de baisers. Ce qui te mine aujourd'hui, c'est de ne pas être à la hauteur d'un événement simple comme une visite. Tu as tant de fois préparé des tablées pour de la famille se présentant à l'improviste. Il ne sera pas dit qu'une seule fois, tu fus prise en défaut. Tu as toujours proposé des marmites débordantes et offert des assiettes pleines, avec le sourire en plus.

— Alors, il y en a qui n'ont pas assez ? J'ai encore du poulet dans la cuisine, et le pain sort juste du four. S'il manque quelque chose, il faut le dire. Allez, allez, mangez, ça va refroidir !

Tu nous as longtemps aimés de cette façon, parce que tu savais aussi que des maladies emportent les enfants, d'un rien, d'un courant d'air, un coup de froid dans le dos. Et les mères pleurent pour qu'ils puissent revenir. Leur absence dessine des cernes sous les yeux, un regard qui se perd parfois, lorsque la lassitude devient trop grande.

## 7

## CHEZ NOUS

Quand je revenais l'hiver par le sud, à hauteur des bois de Chambaran, sur ma droite, la neige sur le Vercors, le plateau parfois sous la grisaille. Parfois sous un ciel bleu. Un rayon de soleil escaladait les falaises, pour tenter de se hisser sous la barbe blanche des nuages. À cet instant précis du voyage, je savais qu'il ne me restait qu'une demi-heure avant d'arriver. Par ce passage de la cluse de l'Isère, j'entrais dans ce pays que je nomme "chez nous". En tournant sous le bec de l'Échaillon, toujours me vient une pensée pour mon père avec qui je venais là décharger les camions poubelles le long de la rivière, dans cette immense décharge à ciel ouvert. À nouveau, les maisons blotties au pied de la montagne, les arbres, les champs dont je connais toutes les exhalaisons, les senteurs de feuilles mortes, la géométrie des anciens séchoirs à tabac adossés aux fermes. Ces mêmes odeurs de campagne qu'à Monteynard, au village des dix années d'enfance, dix ans d'une vie forgée, façonnée par ces paysages. Lorsque j'arrive presque sous tes fenêtres, je sais que l'Isère et le Drac se rejoignent là.

Aujourd'hui tout a changé. Le quartier où tu vis encore s'est vidé de sa population d'origine. Tu t'interroges sur ce que sont devenus tes voisins, les pieds-noirs, les ruraux descendus à la ville pour le travail à l'usine et le confort. Ceux que la guerre a marqués, ou l'exode, même à petite distance. Tu parles de Mme Dimard et de son mari, à la mauvaise réputation d'ancien gendarme ayant sévi sous l'Occupation. Peut-être a-t-il aussi jeté à la Seine, *au bouillon*, comme disaient ses collègues, quelques-uns de tes compatriotes, des cousins, des inconnus, à l'automne 1961. Nul ne le sait vraiment. Cet homme mystérieux, drapé hiver comme été dans une veste de cuir noir, promenait le soir venu un chien famélique et galeux, avant de remonter chez lui dans la même discrétion. Disparue, Mme Cohart, à qui tu demandais souvent de te lire un courrier, une convocation, un bulletin de notes, lorsqu'il n'était pas intercepté par des mains futées. Tu énumères les noms, parle souvent d'un homme dont je me souviens, un juif rapatrié d'Algérie qui te nommait, en arabe, l'étoile aux cheveux noirs, *Najma bi Chaârin assouad*.

Tu plains aussi les familles de la cité, frappées par un accident de moto, une overdose, les mères dont les fils sont tombés sous les balles d'un gang venu d'une ville voisine. Tu craignais le mauvais œil sur tes enfants, *el hein*, le mal auquel s'oppose la main ouverte de Fatma. La mort violente a souvent rôdé dans ce maigre périmètre, à une époque pourtant où ne brûlaient pas encore les voitures sous les balcons. Ce sont ces fantômes, ces souvenirs façonnés, adoucis par la mémoire, qui te retiennent là. Tu dis : “Ailleurs, je ne serai jamais plus chez moi. Ici, vos voix sont encore dans ces chambres vides, vos pas sonnent devant la porte, et là-bas, ce sera le désert, le silence."

Ta dignité tient entre ces quatre murs, l'idée de les quitter convie une nostalgie nouvelle, parce que l'ennui est là, l'inactivité. Tu ne lis pas, bien sûr. Reste la télé dans ta langue qui te fait croire encore que tu es de là-bas. À défaut d'y vivre, tu essayes d'en recevoir les échos. Parfois, devant un reportage évoquant à mots couverts une révolte d'affamés, je t'entends adresser des souhaits, des vœux de bonheur à ceux que tu vois sur l'écran. Au bout du compte, tu penses que ta vie matérielle est meilleure que la leur, même s'il t'a fallu endurer l'exil, une existence faite de hauts et de bas. Devant la télévision, lorsque tu enlèves ton foulard, dans ces moments de pause où tu redeviens toi-même, ce qui me frappe, c'est l'absence de cheveux blancs. Pourtant tu n'as jamais mis les pieds dans un salon de coiffure, et la poudre de henné ne sert qu'à te rougir la paume des mains. Tu portes sur ta tête ton ancienne jeunesse et ta santé solide, même si bien souvent je t'ai entendue geindre et être saisie de nausées, sans doute au temps de tes grossesses. Nous ne t'avons pas épargné les inquiétudes à l'âge de nos adolescences, orageuse pour l'un, turbulente pour un autre, et chaotiques pour tous. À l'heure où les conflits se réglaient par des cris, des fugues temporaires, de l'incompréhension. Tu réglais nos écarts par des insultes d'une violence rare, menaçant nos âmes et nos corps des flammes de Satan. Je ne sais pas ce que nous comprenions de ces mots de colère, mais la peur du moment se transformait en une crainte tenace, nocturne, nous faisant pousser la nuit venue des cris, agrémentant notre sommeil de cauchemars dressés au milieu de gigantesques incendies. Tu nous frappais avec ce qui te tombait sous la main, ou alors d'anathèmes, nous promettant des maladies terribles, qui s'abattraient un jour sur nous. La maladie, tu savais ce que c'était. Elle avait emporté beaucoup des tiens. Tu dis encore malgré cela, Dieu commande et écoute nos prières. Il ne les exauce pas toujours, nous ne le méritons pas.

Ces mots, ces prédictions étaient terribles, nous avons tenté de les oublier. Tes enfants sont pour la plupart attentifs et prévenants, certains passent te voir plus souvent que d'autres. Cela tient de l'amour et du respect. Ce sens du respect qui parfois frise l'hypocrisie. Mais il a cela de bien que les parents ne sont pas abandonnés par leur progéniture. Il y en a toujours un pour recueillir, soigner et choyer, le plus tard possible, jusqu'à la dernière heure. Le respect et la religion mêlés, ces convictions que je ne partage pas. Tu te retranches derrière ces nouvelles certitudes pour te rassurer, te préparer peut-être à ce départ que certains ignorent et bravent, que d'autres craignent. Cette fin que l'on redoute bien avant que n'arrive l'heure. Je pense que tu feras escale sur un arrêt du cœur, dans ton sommeil ou en train de chantonner tes louanges à Dieu. Tu préfères aussi que tout s'immobilise là, avant les grands tourments, les silences et l'amnésie. Tu projettes sans trop y croire un nouveau voyage vers La Mecque, mais je te réponds que tu as autre chose à faire que d'aller offrir ton argent aux princes d'Arabie, risquer d'y laisser ta vie dans un gigantesque incendie, une bousculade meurtrière lors d'une procession.

Le moteur ronronne tranquillement, ayant retrouvé des routes plates, sans vent de face. La vallée du Cher serpente, s'étire nonchalamment entre les vignes et les forêts. Des noms de châteaux viennent ici et là me parler d'histoire de France. Celle que j'avais faite mienne, même si je savais que nos ancêtres avaient plutôt combattu les Gaulois. Les demeures des rois se succèdent, mais aussi les caravanes des gens du voyage, disséminées dans le paysage, par paquets, par groupes, à La Croix-en-Touraine, à Faverolles, à Noyers. Je remarque, même à mon allure de flâneur, des roulottes tractées par des chevaux, comme dans les lectures de mon enfance. Me reviennent les voix de *Sans famille*, livre que tu ne m'as jamais lu. Rémi et Vitalis, le musicien ambulant, sur les routes. Joli Cœur le petit singe, et même un poème dont il ne me reste qu'un quatrain : “Vous dont les rêves sont les miens, vers quelle terre plus clémente, par la pluie et par la tourmente, marchez-vous, doux bohémiens ?” Comme Rémi, je cherche un peu ma famille à travers toi, et ces quelques rimes que nous n'avons jamais partagées.

Les bohémiens d'aujourd'hui ont aussi mauvaise réputation que dans la récitation apprise il y a très longtemps. Je sais même qu'ici, la colère a grondé peu de temps avant mon passage. Il reste encore des traces de la révolte, arbres sciés, poubelles incendiées, verre brisé sur la chaussée. Toi qui te plains souvent du racisme, je crois sincèrement que pour certains, c'est pire. À l'école d'hier, j'ai appris les mots, le droit de tenir tête ou d'être frondeur. Avec la parole. Même si ça ne suffit pas. Ces gens sur le bord des routes ne veulent pas de maison, juste rester là sous les arbres et la brume, aller, de vendanges en cueillettes, se regrouper le soir venu sous une grande bâche pour partager des rêves inaccessibles, des espérances vaines. Tu m'as souvent dit avoir voulu maintes fois acheter une petite maison, lorsque tu as senti que le retour en Algérie ne se ferait plus. Pas comme vous l'aviez imaginé. Je sais que lorsque mon père entendait parler de cela, il grognait, il grondait, tu sais bien l'imiter. Tu me dis aussi : "Quarante ans de loyer, tiens, calcule-moi le prix de ma maison. Ils se sont bien remboursés sur notre dos, on les a bien payés, les immeubles des pieds-noirs."

À l'origine, ces bâtiments avaient servi en priorité à loger des rapatriés d'Algérie, parmi lesquels de rares harkis réchappés des massacres et règlements de comptes perpétrés à l'Indépendance. Ton mari n'a pas voulu de cette maison. À l'occasion d'une fièvre qui nous gardait au lit, tu savais manifester tes sentiments, sans retenue. Dans ces moments, tu te plaignais encore de lui, le décrivant comme quelqu'un de dur, de taciturne et coléreux. Il est vrai que vous viviez sous le règne de l'agacement réciproque, du manque de tendresse. Et je me demande au fond si tu n'étais pas la plus agressive des deux, un brin provocatrice, te vengeant sans doute de ces années prises sur ta jeunesse. Nous, nous étions là, ne demandions rien. Mais ce toit, ailleurs à la campagne, dans une ruelle calme, que mon père te refusait, ce fut, je crois, ta première grande déception, comme la chute d'un rêve longtemps entretenu. Au fil du temps, tu es devenue, dans ton immeuble vétuste, celle qui voulait maintenir la coutume, l'œuvre de Dieu, la gardienne d'habitudes séculaires, alors que tu en avais subi les affres. Oui, tu t'es enfermée dans cette coquille de la femme pèlerin, qui doit donner l'exemple, conforter les croyances autour d'elle. Tu t'ériges peut-être en exemple, et garde tes souvenirs de brume. Adultes, nous attendons que la malle de la mémoire s'ouvre. En même temps, je ne suis pas sûr de le vouloir vraiment, ni d'en avoir envie, de peur de divulguer dans des écrits, des secrets, des confidences qui doivent rester là où elles se trouvent. Je connais si peu de toi, finalement. La cuisine, les tâches ménagères. Mais quoi d'autre ? L'essentiel et le doux, le bon et le tendre ? À part tes psalmodies d'aujourd'hui qui louent Dieu autant qu'elles couvrent ton ennui. Pas de lettres à lire. Moi qui passe mon temps à remplir des pages, je ne peux t'en destiner aucune ligne, aucune salve de mots que tu liras seule, en tête-à-tête avec moi, et non pas par l'intermédiaire d'un tiers.

Ma maison de ce soir est une tente. À Châtres-sur-Cher, le camping est encore ouvert en cette dernière semaine de septembre. Il abrite quelques couples de pêcheurs, une poignée de vendangeurs travaillant dans les vignes voisines. Au bord de l'ancien canal du Berry, le calme règne. Sur le chemin de halage, je trouve une cabane ouverte sur la route nationale. Des camionneurs sont installés sur des chaises de plastique et trompent leur appétit ou leur solitude du soir devant un verre de vin et une assiette de frites. Je fais de même, en silence, pendant que sur la rive du canal, un vieil homme nourrit une tribu de canards sauvages. Tout à l'heure, j'irai marcher un peu, voir les lapins courir dans les talus, le monde de la nuit s'éveiller sur les berges.

# 8

# MARSEILLE

Au matin, le soleil s'est levé sur le Cher, le ciel resplendit, une belle journée s'offre à moi. Cette nuit, j'ai rêvé que nous débarquions d'Algérie à l'automne 1962, juste après les vacances. Nous nous trouvions à Marseille. Pêle-mêle passaient devant mes yeux des messieurs enturbannés comme au bled, des femmes traînant des enfants par la main.

La veille, sur le bateau, un ciel bleu nous avait longtemps accompagnés. Le soir, avant de descendre dans la cale, tu nous as laissés un moment regarder la nuit étoilée, puis nous nous sommes glissés dans la foule avant de nous endormir dans le ronronnement incessant des machines remontant dans les cloisons. Le lendemain vers midi, le paquebot touchait au port dans l'agitation et les cris. Plus tard, je me revois assis sur une banquette et à la faveur d'une courbe du rail, apercevant la mer et les bateaux derrière la vitre du wagon. Une dernière fois, j'ai essayé de regarder cette ville qui s'éloignait. Je savais que ce train nous emportait vers les montagnes, loin des parfums des figuiers, des orangers. Dans cette cohue, il y avait surtout des femmes, la plupart seules avec leurs enfants, sans homme à leurs côtés. Dans mon rêve, j'avais parfois l'impression de marcher sur les vagues, de traverser des campagnes désertes au son du rythme de la locomotive. Avant que n'apparaissent ailleurs des fils électriques, des câbles, des grues, du linge aux fenêtres des immeubles. Les rares hommes fumaient en silence dans leur coin, debout dans le couloir. À cet instant, je ne sais pas encore que d'autres partent vers la France parce qu'ils sont chassés, qu'ils ont peur pour leur vie.

Nous rentrons de vacances, et enfants, nous ignorons tout de ces événements, du sort de ces gamins malmenés par la foule, du destin réservé à leurs parents. Ils observent, d'un air hagard, un monde de valises bouclées à la hâte et sous la menace des armes, de cernes sous les yeux, de fatigues accumulées.

Le songe teinté d'images vraies s'est arrêté sur un grand cri. Celui d'un héron ou d'un hibou que j'ai pris dans mon sommeil hanté, pour un appel à l'aide. Tu étais là, ma mère, présente au milieu de cette foule, de ces bagages amoncelés, et je te cherchais. De ton côté, tu appelais tes enfants pour les rassembler autour de toi. Mon père ne faisait pas partie du voyage, mais je le retrouve au moment de démarrer la mobylette pour un nouveau ruban de France. Lui est déjà sur un de ses chantiers, respirant enfin un peu mieux aux premiers souffles de l'automne. Il ne vient jamais en vacances avec nous je crois. En tout cas, je n'en garde aucun souvenir. La mobylette crache sa fumée, le moteur tourne rond. Je vais chanter le jour durant, et m'égosiller à l'entrée de Vierzon.

À l'autre bout du pays, ton fichu sur la tête, tu entames une journée d'attente. Tu souffres déjà depuis des mois de cette succession banale du temps, même si ce déménagement forcé te tracasse sans cesse, t'occupe l'esprit un peu plus que d'ordinaire. La vie ne veut plus tenir dans l'espace où tu la contenais. On t'oblige à laisser derrière toi le lent agencement des jours, la sécurité d'un territoire connu, avec la vue sur les montagnes à l'est ou à l'ouest. Dans les étages, tu ne crains plus comme aux premiers temps, quand nous vivions au rez-de-chaussée, les pétarades des motos lancées à vive allure, l'arrogance et le tapage d'une bande de garnements à blousons de cuir sous tes fenêtres. Tu les as souvent maudits, lorsque tu les retrouvais entassés dans l'escalier d'entrée de l'allée. Tu savais leur lancer dans ton français de la colère, des mots capables d'effrayer une tribu de chacals. Les tapageurs se levaient, allaient un peu plus loin installer leur arbre à palabres. Les chacals d'aujourd'hui sont moins conciliants, ils trafiquent, tirent des plans sur la comète, ou sur les adversaires qui leur font obstacle. Ton français de naguère n'y suffirait pas. Mais ils s'écartent de toi, ton panache blanc a valeur de sésame. Ils passent leurs journées à jurer sur La Mecque, et la plupart savent que toi, tu y as mis les pieds.

Tu te prépares une tasse de café au lait, trempes des gâteaux que tu as faits, et que tu gardes jalousement à l'abri des regards et des mains de quelques gourmands petits-enfants de passage. Ce sont ces petites sucreries que tu préfères, tu me le dis souvent.

Le goût des choses et l'envie se perdent avec l'appétit. Le bonheur aussi tient sur le bout de la langue. Souvent, nos rencontres se passent devant cette boîte aux miracles. Tantôt pleine, tu me demandes de me servir largement, tantôt presque vide, tu regrettes de ne pouvoir comme avant en faire des kilos. À l'automne, tu as pris l'habitude de me faire griller des châtaignes sur une vieille poêle.

— Tu vois, c'est pas le mouton de l'*Aïd*, mais je peux te nourrir.

Le parfum de la châtaigne grillée a ceci de particulier qu'une fois de plus, il ramène à l'enfance, aux fruits grappillés sur les talus, à la saison des feuilles mortes. Bien sûr, à l'époque, tu n'avais pas toujours le temps de les faire griller en les passant au four, mais nous en mangions. Plat du pauvre. Une fois bouillies, nous devions les éplucher et les mettre dans notre assiette avant de les arroser d'un filet de lait chaud. Le bon lait de Maria.

Pendant ces moments rares, revient cette impression d'avoir été de tout temps ton préféré. Je trouvais que tu me donnais une forme d'amour différente, quelque chose de particulier, peut-être due à tes deux enfants perdus, alors que je prenais vie. On ne sait pas, on ne le dit pas, mais j'ai toujours ressenti cette préférence, cette dureté aussi, lorsque devenu adulte, j'ai refusé tes propositions de mariage avec des jeunes filles dont je ne savais rien. Tu t'étais certainement entendue avec une tante proche ou lointaine pour que j'épouse sans la voir ni la connaître, une jeune cousine que vous auriez fait venir du bled. Ce fut aussi la première espérance détruite. Tu m'en as sans doute tenu grief, mais sans le montrer. La mémoire des faits importants est occultée chez nous. La pudeur et le silence recouvrent les événements, d'une gangue qui empêche les souvenirs, les mots, de remonter à la surface. Mais avec le temps, j'ai constaté que tu t'ouvrais plus volontiers sur ces périodes, pour peu que l'oreille soit attentive, la confiance présente. C'est le temps qui nous manque. La course ne fait que commencer.

Après Vierzon, j'ai pris la direction de Preuilly, toujours en longeant la vallée du Cher. Au lieu-dit le Bout-des-Ponts, j'ai traversé la rivière par le pont qui mène à Saint-Florent. Par habitude, je me suis arrêté sur les berges pour voir la ville de loin avant de la parcourir à pied. Comme souvent, dans les villes que je découvre, c'est vers l'église que je me suis dirigé. Débarrassé de mon accoutrement de motard lent, j'ai pénétré dans l'édifice et le silence du lieu. Un panneau m'a surpris, car je n'ai pas compris le sens du message affiché. "Quand tu pries, ferme la porte de ton cœur, et prie dans le secret." Je ne pensais pas que la prière pouvait être réduite à un acte de fermeture, de repli sur soi. Ce n'était d'ailleurs sûrement pas le sens de l'annonce. Il faudra que je te demande ce que tu penses de cette formule. Même si je reste discret sur cette question vis-à-vis de toi, peut-être est-ce une façon de percer ce mystère de la foi ostensible. Comme la phrase apposée sur la porte de la chapelle de l'enfance, tu cherches aussi Dieu en toute chose. Moi, j'ai l'impression d'avoir cherché ma mère, la vie durant, d'être passé près d'elle, jamais trop près au bon moment, avec un arrière-goût de bonheur à peine ébauché. C'est toujours cette question du bonheur à deux. Ta vie de couple fut de même. Soixante ans de vie ensemble, avec un soupçon de vie commune. Je sais qu'il t'arrivait d'appeler ton mari par un diminutif, mais lui, te hélant de la pièce voisine ou au bout d'un chemin, jamais. La tendresse n'a pas accompagné votre passage en ce monde. Des émotions qui furent vôtres, je ne connais pas la moindre étincelle. Nous sommes vos enfants, mais d'où venons-nous ? De quels printemps sous les amandiers, de quels hivers à la veillée, de quels automnes en promenade, main dans la main au jour tombant ? Personne chez nous ne naquit en été, trop violente saison avec ses sentiers rocailleux, sa mémoire sèche, ses lèvres tremblantes. Vous vous êtes élevés seuls, héritiers d'une enfance saccagée, ayant, pour mère, une inconnue reniant ses enfants et une femme partie trop tôt. Je regrette, à l'heure du compte à rebours de ne t'avoir jamais posé des questions sur ta propre mère.

— Elle était belle, grand-mère ? Quand elle est partie, tes sœurs se sont mariées ? Tu t'es mariée jeune ? Comment cela s'est-il passé pour toi ? Tu as épousé un homme qui était déjà marié ! Il l'a quittée pour toi ?

Elle dira :

— Tu sais, chez nous, les hommes quittent les femmes autant de fois qu'ils le veulent, rien ne les retient. Ni elles, ni les enfants.

— Il avait des enfants ?

— Non, pas lui, mais ça arrive. Lui, c'est sa mère qui l'a abandonné. Comme ça, envolée du jour au lendemain. Il avait quelques mois.

Ces questions sont violentes, renvoient à des faits inavouables, des choses inimaginables. Pour cette raison, elles sont restées sur le bout de la langue. La pudeur, une fois de plus, a creusé son lit.

Dans ma visite de l'église, je suis attiré par une arche aux murs ocre. La lumière du jour entre par une porte en verre donnant sur un jardin. Le calme et la plénitude sous ces rayons de midi. Pèlerin sans chapelle, je visite et je prie à ma manière, en fréquentant ces pierres qui m'émeuvent et m'apportent un brin de sentiment particulier. Pas de transports célestes, rien d'autre qu'une émotion simple en respirant ces relents d'humidité qui remontent des dalles marquées par les siècles, du sol de l'église de Goulven, des allées de la cathédrale de Quimper ou de Vannes. Passant ému, j'écoute simplement cette respiration du travail des hommes sur les blocs de granit ou de pierre coquillière. Il mérite une révérence, comme ton temps passé au ménage invite au respect. Tu as fait longtemps partie de cette communauté de femmes affublées de leur habituel tablier et qui ont enduré les lessives, debout devant les bassins d'eau froide, pour rincer encore et encore, subir cette litanie du linge, renoncer à votre beauté, à peine le temps de passer une main humide sur vos cheveux, un doigt mouillé sous vos yeux. Au labeur, comme si vous aviez été élevées pour remplir votre temps de tâches ingrates, toujours à la recherche d'une occupation, d'un coup de balai machinal, d'un coup de chiffon sur de la poussière imaginaire.

Je ne sais si tu prendrais du plaisir à visiter ces maisons de Dieu. Le tien te suffit peut-être. Il est partout en ta demeure, en ces quelques pièces que tu te refuses à quitter.

En début d'après-midi, j'ai repris mon voyage vers toi, découvert des villages, traversé des forêts, jusqu'à celle de Bornacq. Et je me suis arrêté là, une nouvelle fois surpris par un nom de lieu. Goutte-des-Saints. Qu'il ait été écrit ou appelé autrement n'aurait rien changé, j'ai décidé d'y passer la nuit. Cela ne retardera pas mon retour, tu es patiente, même si je ne sais pas à partir de combien de jours, de mois, tu décomptes l'absence. Parmi tes enfants, il y a ceux que tu croises régulièrement, au moins une fois par semaine, et les absents perpétuels, comme moi. Est-ce peu, est-ce trop ? Toi, tu dis que l'éternité, c'est pour ceux que Dieu t'a repris.

## 9

## LA DIGNITÉ

Ce matin, le pays s'est couvert d'une brume qui présage le passage imminent d'une bande pluvieuse arrivant par les terres. Un vent de travers couche les peupliers. Je ne sais si je dois attendre ou aller encore vers toi. Un jour de plus, un jour de moins, c'est important à présent. Toutes ces questions qu'il me reste à te poser. Celles qui concernent ton enfance surtout.

*On nous disait que les premiers civils arrivés en Algérie étaient venus parce que chez eux, ils vivaient dans la pauvreté. Ici au moins, il y avait le soleil. Ils ont travaillé dur, autant que mon père, mais les bonnes places, ce n'était jamais pour nous. Et après, ceux-là sont devenus pires que les vrais riches. Il y avait eu une autre guerre auparavant, comment elle s'appelait cette guerre ? 1914, oui. Moi je n'étais pas née, mais dix ans après, les orphelins traînaient encore d'une famille à l'autre, installés pour longtemps dans une misère que la guerre de France nous a laissée en héritage. Nous étions déguenillés, mais il nous restait la fierté.*

Tu veux sans doute dire : la dignité, mais tu ne connais pas ce mot dans ma langue, celle de tes enfants.

J'essaye, bercé par le ronronnement du moteur, la vue sur le paysage, de répondre à des propos que tu n'as jamais tenus. Je brode, un peu comme toi sur ta machine à coudre, je rapièce des morceaux, des phrases prononcées un jour, mais qui n'avaient jamais appelé de question. Par contre, il n'y a pas longtemps, tu m'as dit que ton repas du soir, ce n'était plus grand-chose, deux ou trois biscottes trempées dans du lait, du vermicelle. C'était aussi souvent notre souper, notre lot, dans la petite maison à la campagne. Un bol de lait à la chicorée, du pain ou de la semoule de couscous plongée dans un bol. Quand je suis rentré à l'internat du collège, je m'étonnais d'entendre les plus âgés des élèves se plaindre et râler contre le fait qu'il n'y avait pas de viande à chaque repas.

Après cette sobre collation, il n'y a même pas de vaisselle à faire, la soirée est longue, la nuit interminable. Il t'arrive même de garder plusieurs prières de la journée pour les accomplir à la tombée du jour. Tu dis que ça t'occupe. Dans la journée, rien de ce qui s'appelle un loisir, un divertissement, si ce n'est ces réceptions de voisines de plus en plus grosses au fil des ans, autour de tasses de café, de verres de thé et de gâteaux ruisselants de miel, d'huile et de sucre. Autour de ces tablées, en guise de moment de repos, vous ne refaites pas le monde, vous le commentez en entrecoupant vos phrases par des éclats de rire, ou parfois, avec des paroles plus graves qui invoquent immanquablement le destin, le *Mektoub*. Ce qui est écrit. Mot étrange dans la bouche de femmes qui n'ont jamais appris à lire, à écrire. Tout est écrit à vous entendre. Votre naissance, votre condition, les événements sous lesquels vous pliez, l'absence et la mort. L'exil des corps et des cœurs. Lorsque tu évoques la mort, à propos de personnes que nous connaissons, tu as un mot de compassion, des phrases convenues comme toujours, tu ne parles pas d'apaisement, de soulagement. Même si ce départ reste l'affaire de Dieu et que vous n'avez pas grand-chose à lui opposer. Ses décisions sont implacables, jamais injustes, puisque c'était écrit.

Quand la fatigue te fait délirer un peu plus, tu désignes l'injustice, l'inacceptable, par d'autres mots. Entre ces moments de psalmodies, et les instants où tu ris encore, tu te divertis en faisant ton marché du vendredi, tu te contentes des courses à la grande surface voisine, où tu te rends en bus. Tu te charges de peu de choses, parfois simplement un paquet de farine, deux litres de lait. Il en est ainsi depuis toujours, pas de voiture du temps de ton mari, pas de voiture à présent, si ce n'est un de tes fils, un de tes petits-enfants. C'est encore le destin, celui qui te conduit aussi une fois par semaine au cimetière. Si la mort de ta fille était écrite, elle te laisse dans les yeux du chagrin pour l'éternité, dans la voix des lamentations que tu reprends tels des refrains. Mon père aussi fait partie des gens dont vous évoquez la mémoire autour d'un verre de thé, tu m'en parles lorsque nous sommes tous les deux. Mais si tu plains sa vie passée, il n'y a pas de mots d'amour, pas l'ombre d'un accablement. Vous étiez deux, dans ce couple illusoire, ayant passé du temps côte à côte, à vous provoquer l'un l'autre. Tu savais qu'un rien pouvait le mettre en rogne, une soupe tiède, une cuillère manquante. Il entrait dans une rage folle pour un repas préparé avec quelques minutes de retard, une nappe mal ajustée. La liste est longue des motifs capables de transformer un moment de partage en une explosion de cris. Lorsque cela arrivait en ma présence, tu te sentais protégée car je me suis souvent mis entre vous au cours de ces disputes. Je n'ai pas souvenir d'en avoir parlé avec lui le lendemain, une autre fois, plus tard. Discuter de bonheur était impossible, évoquer ces empoignades ne s'imaginait même pas.

Toi, je sais que souvent tu t'es assise sur une chaise, dans un fauteuil, en pleurs évidemment. Sortant un mouchoir de ton corsage, tu te mouchais tout en lui souhaitant mille morts atroces, des siècles de malheur. Des mots durs à entendre, parce que tu parlais de mon père. Des moments de supplice pour tous.

Tu serais avec moi, à cette heure, au bord de cette route, je te poserais une question.

— Et toi, ça allait avec papa ? Vous vous entendiez bien ?

Personne n'interrogeait ses parents de la sorte, à mon époque et à mon âge. Aucun enfant ne se hasardait à poser ce genre de question. Ainsi réduits au silence, les mots ne sont pas venus nous donner la main, au fil des années s'est installée notre âme charbonnière.

Lorsque nous travaillions tous les deux sur les mêmes chantiers, tu nous préparais un casse-croûte pour le repas de midi. En réalité, une gamelle de fer-blanc que tu remplissais de riz ou de pommes de terre à l'oignon, accompagnés d'une épaisse omelette, ou d'un bon morceau de viande. Tu prévoyais toujours plus, pour éviter les remontrances de ton mari à son retour le soir.

Bien avant que je ne lui emboîte le pas dans le monde du travail, j'imitais cette pratique du casse-croûte en me préparant, dans un sachet en papier récupéré à l'épicerie, une tomate, du pain et du sel. Aux saisons mortes, un morceau de fromage faisait l'affaire. Je partais vers mes chantiers imaginaires, le temps d'avaler le contenu de ma musette, et je rentrais chez nous, fier d'avoir accompli ce rite.

Depuis ce matin, je me suis arrêté souvent, trempé, le visage lavé par les rafales de pluie. Les véhicules qui me doublent me font tanguer vers le bas-côté qui n'est plus qu'une immense flaque. Fatigué, je me suis mis à l'abri dans une cabane en bois, vestige d'un vieil arrêt de bus aux allures d'ancien relais de poste. Des chevaux ont dû passer du temps ici, car une odeur forte, accentuée par l'atmosphère humide remonte du sol de terre battue. Des routards, des trimardeurs se sont sans doute installés là quelque fois, car traînent aux quatre coins de la cahute des bouteilles vides, des sachets en plastique. Je n'ai pas l'intention d'y passer la nuit, juste l'envie de faire une pause, en attendant des cieux plus cléments. Le toit de la masure est encore en bon état, j'en profite pour changer de vêtements, et étendre ceux qui sont trop mouillés. Si tu me voyais, tu me prendrais une fois de plus en pitié.

— Viens mon fils, que je te lave ce linge, tu peux en prendre du sec dans l'armoire, je t'attendais.

Je sais que ce seront tes premiers mots, ceux qui parlent de confort, avant que tu ne parles de la santé et de la nourriture.

— J'ai de la panse de brebis si tu veux, je peux t'en réchauffer un peu !

Il est inutile de résister, et si simple de céder à l'injonction. Tu n'invites pas, tu ordonnes. Il faut accepter de s'installer devant une assiette. Ce plat me ramène à des moments passés, assis face à toi, sur la table de la pièce principale, car à l'époque il n'y avait ni cuisine, ni toilettes, ni salle de bains. Rien d'autre que cette pièce, et une chambre à l'étage. La préparation de la panse demandait beaucoup de temps, de travail aussi, c'était un plat du dimanche, un plat pour plusieurs jours, car il n'y avait pas de congélateur chez nous, en ce temps-là. Il te fallait hacher les abats, avec l'ail, les feuilles de coriandre et tant d'autres ingrédients. Dans un grand saladier, tu ajoutais à ce mélange des pois chiches, du raisin de Corinthe, du riz jauni par le cumin, avant de glisser le tout dans une panse. Une fois cousue sommairement avec du gros fil, elle ressemblait à un ballon que tu plongeais dans un bouillon d'où remontaient les parfums d'herbes mystérieuses.

Quand tu m'invites à prendre place dans la cuisine près de toi, ces images-là reviennent, avec un peu de buée sur les vitres, un banc de brouillard dans ma mémoire.

Sous la cabane du bord de route, un cycliste naufragé est venu me rejoindre. Il pensait se rendre à

Clermont-Ferrand, mais commence à trouver le temps long sous les coups de boutoir du vent d'ouest.

— Y a plus d'été, y a plus d'automne, en attendant, ça dégringole ! Et vous vous allez où ?

— Je vais voir ma mère.

— Elle habite dans le coin ?

— Oui, si on veut. Et vous ? Drôle d'idée de faire du vélo par ce temps.

— Je fais un bout de Tour de France.

— Le Tour, le vrai ?

— Oui, je repère des étapes des années d'avant, et je me les farcis. Je suis à la retraite, forcément je vais moins vite que les coureurs. Mais moi, au moins, je ne me dope pas !

— En tout cas, c'est courageux.

— Pensez-vous ! Le courage, c'était avant quand il fallait se lever pour les trois-huit. C'est que ça vous détraque un homme ce rythme-là ! Pédaler à l'air pur, non, c'est du pain bénit. À propos de pain, vous avez mangé ?

— Oh vous savez, moi je grignote en roulant !

— Si ça vous dit, il y a une auberge pas loin d'ici à la Petite Marche.

— Vous connaissez bien la région ?

— J'ai beaucoup roulé dans l'Allier, c'est beau, y a des petites bosses, de l'eau et de bons restaurants ! Alors, ça vous dit mon auberge ? La mère Terjat s'y connaît question spécialités locales, et ça vous en cale un coin.

— On est mal fagotés, on a l'air de mendiants, non ?

— Pas de chichi, elle nous prendra comme on est.

Le ciel se dégageait pour offrir enfin un peu de bleu. Je me suis fait à la compagnie de ce cycliste du dimanche, sachant que ma connaissance de ce sport pouvait aisément remplir la conversation.

En milieu d'après-midi, nous avons quitté l'auberge. Mon compagnon a repris sa route vers le Puy-de-Dôme. J'ai préféré passer la nuit suivante au sec, dans une chambre d'hôtes, au village voisin de Marcillat-en-Combraille. En fait, le propriétaire m'a logé dans une petite maison qu'il ne loue que l'été, et dont les baies vitrées donnent sur un verger. Tout le contraire des bicoques où nous avons passé tant d'années. Toi qui as peur de quitter ton immeuble, je suis sûr que tu te ferais au charme de l'endroit. Si ton mari t'avait suivie dans ton idée d'acheter quelque chose, au lieu de payer un loyer pendant plus de quarante ans, oui, tu serais bien ici. Vous seriez bien, tous les deux.

# 10

# L'ÉCOLE

J'ai eu beaucoup de mal à quitter la demeure de M. Charlier, le propriétaire du gîte. Ce matin au réveil, il m'a accueilli avec chaleur, comme s'il voulait poursuivre la conversation que nous avions eue la veille. Il avait pris sa retraite aux dernières vacances de juin.

— On peut dire que c'est les grandes vacances maintenant. Je vais pouvoir m'occuper de mes ruches, tailler un peu les arbres.

Dans ce qu'il me racontait, j'ai retrouvé le chemin de mon école, lorsque j'allais à la découverte du monde, partais à l'assaut de territoires inexistants chez nous, les livres et les pages, les dictionnaires qui faisaient voisiner les montagnes et la mer, le désert et la neige. Là-bas, dans la salle de classe, une femme empestant le tabac ouvrait les portes d'un univers étrange avec des cartes accrochées aux murs, où des fleuves allaient leur chemin, se jouant des collines, des plaines lentes qui les ralentissaient sans réussir à les enliser. Ils serpentaient. J'ai appris les méandres. Ils touchaient enfin au but. J'ai découvert les deltas. Lorsqu'ils se séparaient ou se rejoignaient, je notais sur un cahier à gros carreaux le mot confluence.

Malgré ce léger retard, nous allons nous retrouver aussi. Encore trois ou quatre jours de routes buissonnières. J'espère que ton immeuble tient toujours debout, que tes cartons ne sont pas refermés sur leur précieuse cargaison. Nous aurions pu les transporter dans la petite maison de M. Charlier, une qui est ici, sur le sol de France, et non pas celle dont tu me parles parfois. Celle que vous aviez achetée, il y a plus de cinquante ans à Arzew pour ce fameux retour sans cesse repoussé, avant qu'il ne devienne un rêve caduc. Trois ou quatre pièces dans mes souvenirs, un figuier dans un angle de la cour, des toilettes dans l'autre, des hauts murs pour ne pas être vus des voisins. Dans votre langue, vous appelez cela *el bayt* et puis d'un autre nom aussi qui veut dire la cour. Sur la rue en pente, non goudronnée, deux portes dont la vue mène à la mer. Au bout, après des avenues bordées de palmiers, à quelques hectomètres, les méthaniers emportent leur cargaison de gaz vers l'Europe. Cette manne aurait pu rendre le pays prospère, tout un peuple et ses descendants heureux, et vous permettre de revenir pour y vivre quelques années d'une vieillesse paisible.

Il y a le long de ces côtes, de belles plages aux roches déchiquetées qu'aucun touriste étranger ne foule, parce qu'il n'y a pas de touristes en ton pays. Les seuls, dont tu faisais partie, sont les immigrés de l'été qui viennent se mélanger à ceux qui ne sont jamais allés plus loin que le phare de l'Îlot, le cap Carbon. Les adolescents plongent dans une eau bleue de rêve. Il arrive aussi que de jeunes adultes téméraires partent sur de frêles embarcations risquer leur vie, pour essayer de la gagner sur l'autre rive.

Depuis peu de temps, tu évoques cette maison, me dis que le fruit du travail de notre père vaut bien un peu d'argent et qu'il serait dommage de ne pas s'en occuper. La vendre pourquoi pas, mais pas de ton vivant. Qui s'intéressera parmi nous, à ce lieu vide de souvenirs réels, cette île que vous avez plantée loin de tout, loin de nos paysages d'ici ? Qui en voudra ? J'énumère les prénoms des sœurs et des frères, sans être sûr que cet héritage trouve preneur parmi eux. Après ton départ, qui ira vivre là-bas, même en pointillé, si ce n'est pour te visiter en ta dernière demeure ? Il est impossible de léguer un bien sans mémoire. Un soir, il s'y tiendra peut-être une dernière réunion familiale, sous forme de veillée funèbre, avant de l'abandonner, de t'abandonner à cette terre que vous voulez croire vôtre malgré tant d'années de séparation. À tout prendre, je préfère la maison de M. Charlier, elle a le charme des paysages de l'Allier que m'avait vanté le cycliste de la veille. Il avait raison, des ruisseaux, des prés, des bois d'où bondissent parfois quelques chevreuils peu farouches, des faisans rentrant comme moi au bercail.

Tu as envie aussi de retrouver ce qu'il te reste de famille, ton frère, arrivé aussi dans la région, il y a soixante ans, et qui habite depuis à trente kilomètres de chez toi, dans la ville où tu avais posé ta valise en France.

— Il faut que j'y aille avant l'hiver, ce serait bien. Après, il y aura la neige, les routes ne seront pas bonnes. Lui aussi a vieilli.

Il a passé soixante ans de sa vie dans cette ville où il était arrivé en plein mois de février, un peu par hasard vers l'âge de vingt ans, ne sachant rien des rigueurs de l'hiver. Après le bateau et l'arrivée à Marseille, il a pris un bus qui l'a conduit sur un premier chantier qui réclamait des bras fougueux, de l'ardeur aux réveils matinaux pour affronter les grands froids. Je crois que c'est lui qui vous a montré le chemin de cette région, cette bourgade où tu as donné naissance à beaucoup de tes enfants.

— J'irai le voir, il ne me reste que lui, dis-tu le souffle court.

Ton frère n'a jamais eu l'intention de repartir. Malgré la guerre et les déchirements, il a accepté de poser définitivement son sac dans cette bourgade. Récemment, il a été récompensé de sa fidélité par une médaille décernée pour services rendus à la mairie. Il a reçu une autre décoration pour avoir, pendant des décennies, porté le drapeau de la France aux cérémonies du 11 Novembre, sans arrière-pensée, sans reniement. Ton mari est reparti la poitrine nue, comme il était venu.

Cinquante kilomètres après mon départ, le moteur s'est mis à crachoter, une fumée s'est élevée dans mon sillage, avant que la mobylette ne se fasse muette. Je l'ai posée sur sa béquille, j'ai regardé comme d'habitude du côté de la durite et du carburateur, démonté la bougie pour la forme, mais rien n'y a fait. Visiblement, j'étais loin de toute habitation. J'ai mis la pédale de secours pour essayer d'avancer avant de trouver un endroit pour effectuer une éventuelle réparation. Mais les champs succédaient aux champs, les chemins s'en allaient le long des haies, de part et d'autre de la route, on n'en voyait jamais le bout, en tout cas pas l'ombre d'un toit, d'une personne à qui demander un renseignement. Tout à coup, le long d'une clôture, des chevaux sont venus m'observer, me suivant en parallèle. Certains émettaient des grognements, des appels, d'autres partaient au galop pendant quelques mètres et venaient passer l'encolure et les naseaux par-dessus le fil électrique. Au bout d'un moment est apparu un panneau signalant la présence d'un centre équestre. Je me suis dirigé vers l'entrée, où des chiens, un labrador et un boxer, sont venus à ma rencontre, aboyant et agitant la queue de manière timide. Aussitôt une voix s'est fait entendre, et les deux bêtes sont parties dans la direction de l'appel. Puis un homme est sorti d'un hangar à foin, soulevant sa casquette, pour me saluer, ou simplement pour s'aérer le crâne.

— Vous cherchez quelqu'un par ici ?

— Non, mais je suis en panne de mobylette, elle ne veut rien savoir.

— C'est qu'ici, on s'y connaît surtout en tracteur et en chevaux. Vous savez d'où ça vient ?

— Non, cette fois, pas vraiment, ça s'est arrêté net…

— Bon, j'ai peut-être quelqu'un qui pourra vous arranger ça. C'est le palefrenier. Mais il est sourd, alors faut que j'aille le chercher. Il doit être dans les boxes.

— Merci. Je peux la laisser là ?

— Poussez-la plutôt près du hangar. Ici y a des bohémiens partout, et ils vont vite.

— En plein jour ?

— Y a pas d'heure pour eux, en plein jour, en pleine nuit, ça traîne pas. Vous avez dû en croiser non ? Vous venez d'où ?

— J'ai longé la vallée du Cher…

— Ben tiens, rien que là c'en est plein. L'an dernier les gendarmes en ont tué un, et croyez-moi, ça a bardé après. Vous en avez entendu parler ?

Sans répondre, j'ai calé l'engin contre un épandeur à fumier, avant de suivre celui qui devait être le propriétaire des lieux. Près des boxes, un homme emportait une brouette vers un tas de fumier.

— Le voilà, c'est Gilles.

Comme s'il avait deviné notre présence, l'homme s'est retourné vers nous sans lâcher sa brouette. D'un signe de la main, son patron l'a invité à nous rejoindre. Le palefrenier m'a salué en faisant un genre de salut militaire, avant de nous suivre jusqu'à la mobylette. Par un geste, son patron lui a fait comprendre qu'il y avait un problème avec la machine.

— Je crois qu'il en possédait une dans le temps, une Bleue comme celle-ci. Depuis qu'il travaille ici, il ne se déplace plus qu'à cheval, même pour rentrer chez lui. Mais c'est un bon bougre lui.

Déjà Gilles s'était penché vers le moteur. Il s'est relevé en faisant une drôle de moue, et un signe de la main.

— Il dit qu'il faut la porter à l'atelier, il va regarder ça, c'est juste là.

Il a poussé la mobylette vers l'auvent, puis l'a suspendue à une poutre à l'aide d'un palan. Il a tiré vers lui une boîte à outils, a pris deux clés à pipe dans sa main, avant d'entamer le démontage du bloc-moteur. Après avoir bataillé un peu avec les vieux boulons, il a fini par en extraire, à l'aide d'un tournevis, un dépôt noir et visqueux qu'il m'a montré en souriant. Je lui ai fait un signe du pouce pour saluer son travail, en essayant de lui faire comprendre que j'allais tout remonter moi-même.

— Pensez-vous, ça lui fait plaisir. Il est avec moi depuis vingt ans. Il avait fait un peu de lycée agricole, mais sans entendre et sans parler c'est pas facile de faire des études.

Pendant qu'il me parlait du palefrenier, des chevaux se sont approchés de nous, toujours tenus à distance par la clôture électrique. Les hennissements ont éveillé en moi un souvenir de toi. Une fois tu m'avais parlé d'un cheval appartenant à un de tes oncles. Tu avais dix ou douze ans, ta mère était encore vivante, c'est le repère qui te permet de dater l'événement. On croit les souvenirs fidèles, mais ils ne sont gravés que par des faits précis, inoubliables, même si on passe son temps à meubler sans le savoir une mémoire qui se vide goutte à goutte de son contenu.

Cet oncle possédait donc un pur-sang, et lorsque vous alliez le voir, il te faisait monter à cru et tenait l'animal à la longe. C'était un cheval dont un colon voulait se débarrasser car il le trouvait retors et dangereux. Il le destinait à l'abattoir, mais ton oncle l'a sauvé en le rachetant au dernier moment. Comme pour le remercier, le pur-sang arabe s'est fait docile acceptant la selle et la monte, la sienne exclusivement. Tu avais le privilège d'être l'autre unique cavalière. Jusqu'à ton mariage, tu es venue le voir, chaque fois que ton travail de domestique t'en laissait le temps. Tu n'en parles pas souvent, ces instants font partie d'une liste restreinte de souvenirs heureux. Il faudra qu'un jour, tu me reparles de ton père, j'avais quinze ans quand je l'ai vu pour la dernière fois. C'était aussi les dernières vacances ensemble dans ton pays aux parfums d'épices et de fleur d'oranger.

L'Indépendance avait continué à faire de nous des touristes, tes sœurs et tes neveux t'attachaient à l'Algérie, moi rien ne m'y attirait vraiment. Mon grand-père est devenu une ombre parmi d'autres, quelque chose qui manque et qu'on ne peut nommer, appeler ou rappeler du fond de ces années d'absence.

Tu as fait tout ce chemin, pour en arriver à cette obsession de porter ta coiffe blanche, même pour une simple photo. Avant, tu allais simplement te recoiffer, changer de robe, et poser ton tablier. À présent que la religion a fait son lit dans ta vie, tu veux la mettre en avant, nous faire oublier que sans elle, nous avons connu de belles choses, comme le galop de ce coursier, sur lequel tu devais offrir ton plus beau sourire.

## 11

## LES PAUVRES

Quand on est pauvre, tout coûte cher, même l'amour. Les livres s'achètent, les cadeaux, une visite en ville aussi, une paire de chaussures pour s'y rendre, des habits propres pour être vêtus comme les autres. Tu as tout fait pour que nous soyons discrets, sans prise pour les regards moqueurs, évitant qu'on ne jette sur nous le mauvais œil. Tu as redoublé d'efforts pour écarter de nous les *djnouns*, les mauvais esprits, en nous faisant même porter des amulettes fabriquées par des charlatans qui te prenaient encore un peu d'argent. Pour cela tu as enduré plus que tous tes enfants réunis. Le travail incessant, les privations, l'éloignement, l'angoisse des soirs, la dépression, ce mot que l'on croirait inventé pour d'autres.

On dit d'une femme qui enfante qu'elle a un ventre généreux et fécond. Foutaise que tout cela, car toi tu n'avais pas le choix. Ensuite, tu as fait comme tu as pu. Je peux me permettre aujourd'hui de ne pas condamner une correction ayant laissé plus de traces que les autres, les anathèmes lancés sur nos têtes, quand, à bout, tu n'y arrivais pas. Je peux simplement relater par où nous sommes passés les uns et les autres, que tu aies eu tort ou raison n'importe plus, importe peu. Je préfère, dans les plis des matins et des nuits retrouver ce qui fut bon. Une tranche de pastèque, une odeur de café. Il fallait se battre, être le plus prompt à se saisir de la boîte métallique, prendre une poignée de grains et les glisser dans le petit habitacle bombé sous la manivelle. Tourner la manette et attendre le bonheur de les entendre craquer sous les mâchoires de fer, avant que ne s'élève vers nos narines cet arôme particulier. Dans le petit tiroir, à l'aide d'une cuillère, récupérer le café moulu, puis tu continuais toi-même l'opération, car nous n'avions pas le droit de nous approcher de la casserole d'eau bouillante. Lorsque les moulins sont devenus électriques, c'était le même rituel, avec en plus la sensation d'accélérer ou de ralentir en appuyant sur le bouton.

Le palefrenier a fait du bon travail, je peux accélérer à mon tour dans les côtes sans peur de faire exploser le moteur. J'ai voulu le remercier en lui glissant un billet dans la poche de sa chemise, mais il a refusé en secouant la tête. Je n'ai pas insisté par peur de le rabaisser. Au moment de partir, il a posé sa main sur mon épaule et m'a regardé droit dans les yeux. Un regard qui restera longtemps un arc-en-ciel, dans cette traversée. Le propriétaire du centre a encore vitupéré les bohémiens, comme le faisaient certains habitants du village, envers nous. Bien avant les Manouches, nous étions désignés comme voleurs de poules, vagabonds à la peau plus cuivrée que les autochtones. Mais en plus, nous égorgions des moutons d'une étrange façon en faisant des prières, pendant qu'à l'entrée de l'hiver, les cochons torturés hurlaient à la mort dans la campagne. Ils disaient aussi que nos frères égorgeaient des soldats en Algérie, et qu'il fallait de ce pas y retourner puisque nous voulions un pays libre.

La mobylette a repris la route, par Châteauneuf-les-Bains et Saint-Angel. Sur ma droite, si l'on se dirige vers Pontgibaud, je sais que se trouve le village de Bourg-Lastic, avec ses étangs, ses sources d'eau pure, mais aussi moins bucolique, le souvenir de l'ancien camp de harkis. Cantonnés sur un terrain militaire, plusieurs milliers d'hommes, de femmes et d'enfants qui avaient réussi à fuir les massacres au lendemain de l'Indépendance, ont passé l'été 1962, entassés sous des tentes de l'armée, avant d'être disséminés au gré des chantiers de forestage, toujours aux aguets, de peur de se faire assassiner par les tueurs du FLN. Ces supplétifs et leurs familles avaient eu la chance d'avoir la vie sauve, souvent grâce à la ténacité d'un gradé qui n'avait pas voulu les abandonner à leur triste sort, à la vindicte populaire et à la mort. Souvent, j'ai entendu des paysans nous traiter de harkis, ce mot étant au fil du temps devenu une insulte, synonyme de traîtrise. Notre père n'était pas supplétif, mais devait s'acquitter comme les autres immigrés de la cotisation imposée par l'armée révolutionnaire. Personne n'avait le choix, le petit peuple ne pesait pas lourd dans ce tourbillon. En ce temps de guerre, tu as supporté longtemps les longues journées d'inquiétude et de travail, ne sachant pas si ton mari rentrerait le soir. Maintenant, la vie se fait courte, tu répètes que tu es vieille comme pour dire ne comptez plus sur moi pour très longtemps, ou occupez-vous de moi, il en est temps. Parlons de l'après, l'au-delà, ce lieu où tu veux partir tranquille, ne rien devoir à personne, même à Celui que tu nommes souvent. Pendant le Ramadan, à cause des médicaments pour le cœur, pour les reins, pour la vieillesse, tu ne peux plus jeûner sans risque, pour payer ton dû, tu t'acquittes d'une somme quotidienne pour le non-respect de cette règle. Ainsi, Dieu commerce aussi, n'en perd pas une miette. À la fin, lorsque arrive le temps de la rupture, tu vas à la mosquée voisine remettre ton obole pour les pauvres. Ils prennent ton argent, comme les fabricants d'amulettes, sans demander si tu es exténuée ou malade. Toi, tu fais cela de bon cœur, sans penser à mal.

À quatre-vingt-quatre ans, entre l'automne et l'hiver, tu passes le relais à la nouvelle génération. Quand tu ne seras plus là, ce sera à nous de transmettre le témoin aux suivants. Quand tout se mélangera dans ta tête, que se confondront le présent, le passé, les prénoms de tes enfants. Lorsque ta vue aura baissé au point de ne plus pouvoir distinguer les visages, ce sont des ombres qui viendront se bousculer à ton chevet. Certains ressembleront pour toi à des inconnus, d'autres, que nous ne connaissons pas, viendront de loin, de cette année 1927, année de ta naissance. Peut-être quelqu'un se souviendra-t-il que ce fut la saison du grand froid, celle d'une grande sécheresse, des criquets sur les récoltes, ou d'un moment de bonheur. D'autres sont arrivés en même temps que toi, mais ont connu un tout autre destin. Juliette Gréco, Maurice Béjart…

Minuscule dans un couffin, tu n'as pas vu passer l'étoile filante qui exauce les vœux, même si la maison de ton père est devenue le point de rassemblement et de rencontre des femmes du douar. Leur solidarité sera visible pendant sept jours, pour permettre à ta mère d'être exemptée de tout travail ménager. Des cadeaux, sous forme de repas préparés par les visiteuses, sont déposés à même le sol, sur une antique natte tressée. Une marraine entonne une prière à ton oreille, les youyous retentissent. Au septième jour, la fête commence, les chants et les danses ne cesseront qu'à l'aube. Le lendemain un *berkoukess*, ce couscous à grosses graines, sera servi aux indigents du village. Ensuite, la vie des filles devient moins douce, après les premiers pas, les premiers jeux, leur chemin ne les emmène pas vers l'école, de rares garçons arabes prennent les places libres, celles qu'ont laissées les fils de notables. Les autres iront grossir les rangs de ceux qui psalmodient par cœur les versets du Coran, mais sans jamais apprendre à lire ou écrire.

C'est ainsi que j'imagine ta naissance, en 1927. La colonisation a le même âge que ton grand-père, qui a vu l'arrivée sous escorte militaire des premiers colons venus labourer et bâtir sur des terres offertes, comme on le leur avait promis. Mais beaucoup sont morts avant d'avoir vu l'ombre d'un grain de blé en herbe dans les sillons, le moindre mur s'élever. Leurs femmes et leurs enfants étaient balayés par le choléra, dévorés par les moustiques, effrayés par les fauves, aiguillonnés par les scorpions. La mémoire de ton grand-père se souvient de cette Algérie-là. Il l'avait vue de ses propres yeux d'enfant, et entendu parler des premières victimes arabes de cette guerre de conquête, retenu les récits rapportant que des populations entières de douars, des innocents par milliers, furent encerclés dans des grottes où ils avaient trouvé refuge. Le colonel Pélissier a dit alors : "Enfumez-les à outrance, comme des renards." Ils furent asphyxiés, brûlés vifs tels des blaireaux, de vulgaires nuisibles.

La rage, l'esprit et le désir de vengeance des hommes aux pieds nus sont nés dans les fumées de cette histoire que toi, couchée dans ton couffin, tu ne connais pas. Personne ne sait encore que les descendants de ces colons arrivés dans le chaos, repartiront les mains vides, dans le désarroi.

Au septième jour de ta naissance, on en est encore aux divertissements, aux danses, à la nuit tombée sous le halo des lampes à pétrole. Mais tu ne m'as jamais rien dit de ce temps-là, à part bien plus tard, tes débuts de couturière.

Au septième jour de mon retour vers toi, je pense aussi aux nuits chaudes d'été dans la cité, aux rodéos de mobylettes sans pot d'échappement, au son particulier des moteurs de Malagutti, aux bastons dont j'essayais de me tenir à l'écart. Défilent aussi tes attentes nocturnes lorsque tu guettais le retour de tes agneaux noctambules. Au fil des ans, je revois comme toi la cité-jardin qui se transforme en ghetto, se referme sur le petit périmètre tracé au cordeau par des urbanistes pleins de certitudes. Le film se casse, les images s'effacent à certains moments, pour revenir plus proches ou violentes. Les années ont passé, et après tout ce temps, dans cet appartement que l'on te force à quitter, ne nous attend nulle malle aux trésors, aucun album de famille épais à feuilleter, de photos très anciennes à découvrir, ou de vétustes petits jouets mis de côté parce que chez les gens qui ont manqué de tout, il ne faut pas jeter. Il n'y a plus accrochés à des cintres, des vêtements imprégnés de naphtaline, qui nous auraient rappelé des périodes précises, bornes servant à reconstruire notre histoire en manque de mémoire, nous faire découvrir l'oubli, le gourbi, les murs en torchis, le ciel implacable, la terre ingrate et imprévisible que vos parents travaillaient pour les autres, ceux qui, en posant le pied en Algérie, les avaient supplantés, étaient devenus leurs supérieurs, pendant qu'ils retournaient au rang de vassaux.

Dans cet immeuble qui va se vider, pas de grenier comme dans les livres, les belles demeures ; il y avait au mieux, une cave visitée par les rats, les voleurs de vélos, avant que d'autres magots ne viennent y semer le trouble. Mais ce commerce est vite remonté en surface, au grand jour, sous tes fenêtres même, et tu priais d'une autre manière, pour que tes fils ne mettent pas leurs mains, leurs bras dans ce fléau qui allait déferler sur la cité, ici et là. Tes prières ne furent pas vaines, et nos veines épargnées.

Après ces quarante années pleines de vie simple, de belles choses, de halètements aussi, de hoquets, de souffles secrets, il faut faire le vide pour s'en aller ailleurs d'un pas léger, reconstruire une digue, une passe ombragée, marcher encore un peu dans l'existence. À contrecœur, tu vas jeter des meubles, des chaises bancales et rafistolées, donner ce qui tient encore debout, et lorsque tes valises bouclées, tes cartons ficelés, tu vas t'asseoir dans ton fauteuil pour contempler le désordre, tu n'auras même plus la force de me raconter vos espoirs du début, vos envies, vos états d'âme, avant que Dieu ne te les dicte.

Il faut que j'avance, que je contourne la chaîne des Puys, les premiers froids de la nuit sur les cols. Je traverse l'Allier pour la dernière fois, à hauteur de Crevant-Laveine. Un peu plus loin, à Thiers, habite un vieil ami, ancien conducteur de trains, qui passe son temps à marcher entre les rives de la Dore, et les Bois Noirs, à la recherche de truites ou de champignons. À partir d'ici, jusqu'à Saint-Étienne et au-delà, ce sont des paysages familiers qui apparaissent, une terre de travail, de charbon aussi, de mains gercées par l'acier, de regards fatigués par les nuits courtes. Dans ces vallées aux bras laborieux, les travailleurs ont, pour finir, essuyé la morgue ou le mépris des patrons, lorsque les unes après les autres les usines et les mines furent fermées, jetant à la rue et dans la misère, une nouvelle armée d'oubliés, des cortèges de recalés.

## 12

## ENFIN L'ISÈRE

Une fois contournée la banlieue lyonnaise, je retrouve le début de la vallée du Rhône à la hauteur de Vienne. À faible allure, j'ai encore devant moi, au mieux, une ou deux journées de silence, de flâneries peut-être ; c'est vrai que je connais particulièrement ces vallons, ces collines, ces petites routes dont je ne sais laquelle prendre. Toutes me chuchotent des souvenirs, parlent aussi la langue du labeur, depuis le temps où s'étaient installés dans la région, les "autres soldats du front", comme on les appelait. Si la guerre de 1914 avait besoin d'hommes pour les champs de bataille et les offensives successives et gourmandes en vie, il en fallait d'autres pour faire marcher les usines. Des légions de nouveaux pauvres ont débarqué des pays chauds, se sont entassées en nombre pour nourrir de leurs bras et de leur sueur des machines crachant des fumées irrespirables. Dans des baraquements identiques à ceux des militaires, cachés derrière les hangars, des célibataires ont commencé leur vie d'isolés solitaires, en marge des villes et des villages. Ils étaient là, livrés à eux-mêmes, dans leur cantonnement de Salaise-sur-Sanne, le village-dortoir, s'excusant presque de déranger, à l'ombre des émanations de gaz, sous la pluie fine des poisons de la chimie, nuit et jour, des mois durant, mis à l'écart, résignés, venus ici pour se taire, et sauver ceux qui étaient restés au pays. J'entends les récits de mon ami Ferrah qui décrivait les mares à chaux près des baraques, étangs mornes et laiteux, où au hasard des jeux se noyaient parfois les enfants. Les terrils de déchets de coke le long de la route entre les baraques dont les souffles noirs pénétraient jusque dans les draps des lits. Les gamins triaient hâtivement ce qu'ils appelaient la "charbonnille" et l'enfouissaient dans de grands sacs de toile qu'ils laissaient rouler du haut des talus. Espagnols, Portugais, Algériens, tout le monde se chauffait sans savoir que cette chaleur délivrait aussi un mal silencieux qui s'appelait l'amiante.

Choléra ou misère, tous les malheurs du monde arrivent par les ports. C'est le chemin que tu as pris quarante années plus tard, parce que chez vous rien n'avait changé, a perduré la vie sans avenir, sont revenues sans cesse les famines, les fièvres, et plus tard, s'est invitée cette guerre que vous n'attendiez pas. La fuite restait encore la seule issue. Des hommes modestes étaient venus peupler votre pays, c'est vous à présent qui deviez partir au nord, humblement aussi, aller vers des terres fertiles, des villes à construire. Tu as suivi l'exode, encore drapée de la douleur de tes deux enfants perdus. Le destin a droit de vie et de mort, on vous l'a tant répété. Tu as pris le bateau pour l'autre rive, vers un monde inconnu, sans savoir le temps que durerait cet exil. Tu t'imaginais quelques mois, au pire une ou deux années d'absence, loin de la campagne oranaise, des odeurs d'hibiscus et de figuiers. Le temps d'un éloignement nécessaire et compté, faire le deuil et reprendre goût à la vie. Et puis mes frères, mes sœurs, sont arrivés un à un, vous clouant ici. Vous avez voulu qu'ils deviennent des élèves, chose inespérée là-bas, avec une envie de s'instruire, un besoin d'aller vers les livres, les conversations qui ne tournent pas simplement autour de l'ordinaire agencement des choses, des objets communs. Le charbon, le bois, le lait du soir et du matin, l'argent qui s'en va, celui qui reste. Même si nous avons dû, aussi, intérioriser la honte quand on s'est rendus compte que la différence de couleur de peau, la langue parlée entre nous, et le statut social de notre père nous rendaient différents, vulnérables. À l'époque, comme la plupart des femmes, tu es une "femme au foyer". Dévorée par les préoccupations quotidiennes, tu attendais surtout de nous que nous terminions les plats, jusqu'à les récurer à coups de langue.

Heureusement, tu as fait l'effort d'apprendre et de comprendre les mots, les phrases d'ici, pour ne pas t'isoler dans ta cuisine, savoir parler de la pluie et du temps, même si le plus beau était resté là-bas, sous les yeux de ton père, les bras enlacés de tes sœurs, dont la voix et les mots te manquent. Oiseau migrateur, tu repartais vers elles au soleil de l'été, et nous nous ne savions plus sur quel pied danser.

Aujourd'hui, un petit déménagement devient un bouleversement énorme. La cigogne est fatiguée, ne veut plus d'un autre voyage. Tu aspires au repos, loin de ces anciens réveils froids de la petite maison, des gestes mécaniques pour faire repartir le feu, chauffer le lait, te réveiller lentement en repoussant la lassitude. Moi, je suis parti trop tôt loin de vous, loin de toi ; à la même heure à l'internat, c'était le cérémonial de la toilette, la descente en rangs silencieux, le réfectoire et ses chaises alignées, les brocs de métal avec le café tiède au fond. Je marchais dans un désert sans fin, n'attendant que le glissement du temps, dans la cour carrée bordée d'arcades, ton visage tapi dans ma mémoire, sous l'oreiller, lorsque novembre annonçait l'arrivée proche d'un hiver insupportable. Nous nous sommes quittés à la saison des chutes de feuilles, pendant que tu t'apprêtais à attiser les braises chez nous. Rien ne serait plus pareil après cette déchirure. Mais comment te la décrire ? J'oubliais tout, une fois le samedi arrivé, le bonheur de retrouver ce monde bruyant, ce monde entre nous, et au-delà, vers les collines. En quelques heures, il me fallait rassembler ce qui s'était éparpillé en une semaine d'absence. Comme nous parlions peu, les jeux prenaient le dessus, les confidences s'envolaient vers l'oubli. Ta jeunesse s'en est allée ainsi, de jour en jour, de mois en mois, de paroles tues sous le poids des nuits.

J'ai essayé d'appeler mon ami Ferrah pour qu'il m'invite à boire un coup au café de la gare de Péage-de-Roussillon, que nous parlions encore de son enfance aussi, mais la sonnerie se perd dans les limbes. Je m'arrête près d'Agnin pour entendre un chant d'oiseau, le souffle de la terre, une brise arrivée par la forêt de Chambaran. À partir de cet instant, à chaque fois que je rentre, je te l'ai dit, je reviens au pays. Toutes les petites routes me parlent, un peu comme toi lorsque après avoir quitté le bateau et Oran, tu reviens vers Arzew, le bord de mer et l'ancien café du port où se retrouvaient les Européens, coiffés de leur canotier blanc à rubans noirs. Tu remontes une rue qui n'est plus dans mes souvenirs, pour arriver à la porte de ta maison de là-bas. En fin de journée, je vais sonner chez toi, le vrai, celui où tu as vu passer ta vie par ces fenêtres, avec les beaux levers de soleil, les couchants sur le plateau du Vercors. Le quotidien rythmé par cette vue, et les jours plus gris, lorsque le vent venait rabattre la pluie sur les vitres. En sortant de l'ascenseur, je vais entendre ton pas sur le carrelage de la cuisine, la clé tourner dans la serrure. Tu me diras, je t'attendais, je t'attends toujours, écoute-moi un peu, c'est peut-être une des dernières fois.

*L'hiver qui vient sera le dernier si Dieu le veut, ou alors je l'espère, Il me donnera un nouveau printemps près de vous, et puis ce sera mon tour, c'est écrit. Je suis vieille maintenant, je suis vieille, j'ai mal un peu partout, c'est que la vie a été difficile, tu ne sais pas tout. J'ai essayé de vous élever comme j'ai pu, ton père n'était pas tendre, mais heureusement je savais le prendre. Vous étiez là et pourtant j'ai été souvent seule. Non, je ne vous ai pas toujours tenu la main, chez nous les moments de calme manquent dès l'enfance. On ne nous apprend pas le temps perdu, la nonchalance, ni à naviguer avec le cœur ouvert aux sources, à la fraîcheur sur les joues. Ce sont souvent les larmes qui laissent des traces. On ne nous a pas appris à reproduire des mots sur les pages des cahiers, à lire des phrases qui ouvrent les yeux et l'esprit. Vous ne m'avez pas appris non plus à m'approcher de votre table d'écolier, ni vous ne m'avez pris l'index pour le guider sur l'abécédaire. A.B.C.D. Je sais comment ça commence. A.B.C.D. Si j'avais su aussi tracer les signes avec application, les faire voisiner avec une étoile, et l'effleurer du doigt. Étoile, je connais ce mot dans les deux langues. Tu es là, que Dieu te garde, tu es souvent parti loin de moi. J'ai fait beaucoup d'enfants, il m'en est toujours resté deux ou trois, à portée de main, fidèles. Je parle, je parle, tu veux un thé peut-être ? Oui, tu veux un thé. On me dit que tu écris, mais pour qui ? Si ta mère n'y a pas droit, ça sert à rien non ? Et puis moi aussi j'ai de quoi raconter ! Si tu savais tout ce que j'ai fait pour vous, pour toi. Dans le noir, pour ne pas vous déranger, je cherchais la boîte d'allumettes. Je savais, en grattant la première, donner un peu de lumière dans la pièce.*

Le crépitement des premières flammes nous réveillait, s'éloignaient alors les craintes nocturnes, ces cris que nous entendions en rêve, ces morts imaginées parce que vous chuchotiez la guerre sans répondre à notre curiosité. Quand il pleuvait, on entendait l'eau s'écouler devant la porte dans une rigole cimentée par mon père, le long d'un mur. Derrière la maison coulait avec vigueur un ruisseau que les gens détournaient en partie pour arroser leur jardin. Cette chaleur du feu était une respiration douce, la seule de la journée, puisque assez vite la vie normale reprenait ses droits. Plus de place pour la tendresse tranquille, unique, plus de place pour les mots, même ceux que j'écrivais. Non, tu n'y avais pas droit, nous ne t'offrions que les toux sèches, les couvertures mouillées, les draps à laver très vite pour pouvoir les utiliser le soir même. Tu nous donnais ton sourire pressé, et les phrases restaient cachées dans l'abécédaire, les cahiers. A.B.C.D. Il était une fois, une histoire… A.B.C.D. Une dame aux cheveux bruns qui, chaque nuit, espérait pouvoir aimer tous ses enfants le lendemain, les serrer dans ses bras immenses, pendant que les souris grattaient dans les placards. Il était une fois, des trésors à nos pieds, ou peut-être une branche de sapin pour attirer le père Noël, parce qu'un arbre entier prend trop de place dans une petite pièce.

Si tu veux, je te raconterai cette histoire avant de repartir, je viens de l'inventer pour toi.

J'ai un peu ralenti l'allure, le moteur de la Bleue n'y est pour rien. Le fait de reprendre la route qui conduit à Grenoble, en passant par Beaurepaire, me ramène des années en arrière, au temps des copains, comme on dit. L'un d'eux possédait une voiture, et nous allions dans ces coins, passer des nuits à danser, faire la fête ou monter à cheval lorsque le jour se levait. Complice, la poésie s'accrochait aux cordes des guitares. Celui qui possédait cette automobile est mort depuis longtemps, emporté par les excès et la maladie. Dans ces vallons sont nées de belles pages que nous chantions ailleurs, en d'autres nuits de délire. Il ne faut pas que je m'arrête, c'est vers toi que je vais. Je remets à d'autres jours, le temps des salutations, des embrassades sur nos rides, les caresses sur nos cheveux devenus blancs. Les herbes des talus attendront aussi des retrouvailles moins nécessaires que les nôtres. Il y a ces lettres oubliées que le facteur ne t'a pas tendues, ces ciels bas de Bretagne que je ne t'ai pas racontés, la courbe des lumières sur tes yeux aujourd'hui secs. Je vais m'installer sur une chaise, s'il en reste une que les déménageurs n'ont pas emportée, histoire de s'offrir un peu de vie sur la table de la cuisine. Tu mettras cette fois, la toile cirée neuve, celle que tu as achetée récemment avec tes habitudes de cigale qui dépense le peu d'argent qui arrive. Je t'entends dire que cette paye de retraitée n'est pas énorme. Une nouvelle fois, nous nous contenterons de ce peu, de ces olives noires dessinées sur le plastique de la toile, d'un rayon de soleil et du roucoulement de tes amis les pigeons. Ils t'aideront peut-être à voyager. Pas trop loin, juste à portée d'ailes, pour que tu ne te sentes pas perdue.

## 13

## LA CITÉ-JARDIN

J'arrive à bout de souffle des bords de l'océan, ramenant au bercail la vieille Motobécane. Elle a tenu le coup, malgré les vents de face, les côtes de l'Auvergne, l'humidité sur la bougie et la courroie. Il me reste, après la descente sur la vallée, à traverser Voiron, longer le massif de la Chartreuse et la voie ferrée par laquelle vous étiez arrivés. Hébétés peut-être, fatigués et pressés de toucher au but. Vous pouviez enfin mettre un visage sur le pays mythique, loin du port, de la mer, des vents du sud, et goûter à cette fraîcheur que les gens de là-bas, nommaient, je crois, "l'air de France".

Après la gare de Grenoble, ce seront les dernières rues avant la cité, avec des immeubles sortis de terre ces derniers mois, d'autres rayés de la carte, comme si on voulait effacer ici toute trace de mémoire ouvrière, gommer les repères des gens qui avaient travaillé à l'usine, dans le textile ou le plastique. Les trois barres de bâtiments sont là. À la place de celui qui a été dévoré par la mâchoire d'acier, presque rien, une palissade de tôles ondulées sur laquelle personne n'a eu le courage ou l'envie d'aller dessiner à la bombe à peinture, un peu de rage, un dernier cri. À part le ronronnement incessant que crache la portion d'autoroute, ce n'est pas vraiment le silence. Sur les fenêtres, de rares oiseaux attendent une ration de nourriture qui ne viendra plus. Les autres se sont éparpillés peut-être sur des balcons proches, ou dans les arbres du parc, de l'autre côté de la rue. Mais ces oiseaux ont depuis longtemps oublié la campagne de nos mésanges charbonnières.

C'est ici que nous avions commencé à oublier la nôtre, en arrivant là au mois de février 1967, dans un camion conduit par le charbonnier du village. La cité s'appelait encore cité-jardin, offrait un brin de paradis pour toi qui trouvais enfin dans cet appartement un peu de confort, après les taudis où nous avions vécu depuis quinze ans. La rue portait le nom d'une révolutionnaire. Louise Michel. Tu ne connais pas cette femme et pourtant elle aurait pu se retrouver en Algérie, avec les bannis de son espèce, au lieu d'aller encore plus loin, dans des îlots perdus du Pacifique, qu'on appelait parfois chez vous la Calidoune, cette terre de déportés, au milieu de l'océan. Une femme qui s'était battue pour un peu de liberté, et qui a croisé là-bas des Algériens qui s'étaient soulevés contre les colonisateurs, et qui se sont retrouvés enchaînés aux barres de justice, alors qu'ils ne comprenaient pas ce qu'on leur reprochait. À l'île des Pins, leurs descendants témoignent de leur exil définitif. Tu vois, notre histoire est partout, même au coin des rues.

L'allée du numéro 17 est fermée, la porte de la cave soudée de l'extérieur. Au 15, au 13, au 11, tout est bouclé aussi. Des bennes métalliques sont encombrées d'objets divers, vieilleries dont tout le monde se désintéresse. Sur le trottoir, je reconnais un de tes fauteuils, quelques chaises, des étagères ; au coin d'un immeuble encore habité, je retrouve le ballet des petits trafics qui font les grandes rivières, et les longues peines derrière les barreaux. Dans ce coin, on vend et l'on commerce à tous les vents ce qui se fume et se dissout. Comme nous paraîtrions ridicules, avec notre morale à deux sous. C'est celle que tu nous as forgée pourtant, à coups de claques, d'anathèmes, de colères matinales. Ce qui était volé n'avait pas droit de cité chez toi, le vide-ordures engloutissait la moindre peccadille, le plus minime des larcins, il n'y avait pas de place pour ce genre d'erreur ou de faute. C'est à ce prix que tu as gardé tes huit garçons libres, sans la honte des parloirs, des attentes devant les portes des maisons d'arrêt. Tu connais les mères qui ont payé un tribut à l'enfermement et à la mort derrière les barreaux. Elles disent aussi que c'est écrit, ce malheur, dans les gènes, et que si Dieu laisse faire, il sait punir aussi.

De loin, j'aperçois un ancien camarade d'allée. Il arrive vers moi, rondouillard, dans une veste trop large pour lui, et me tend la main.

— Tu as vu, ils ont fait le vide, dit-il.

— Et toi, Toni, tu vas quitter le quartier ?

— Non, ils m'ont relogé là, juste à côté de l'école, pour me rappeler des mauvais souvenirs.

— Et ma mère, tu sais où elle est partie ?

— Non. Je n'ai pas vu la *hadja* depuis longtemps. Elle a dû déménager. Les camions n'arrêtent pas d'emmener les gens, ces jours-ci. Va voir aux Eaux-Claires, près du nouveau collège.

— Je vais l'appeler. Autrement, ça va toi ?

— Tu sais, ici, c'est pas Ibiza tous les jours, les merdeux nous pourrissent la vie autant que le chômage.

— Pas de boulot ?

— Non. Rien depuis trois ans. Alors je bricole un peu, tu vois. Faut bien vivre. Mes mains sont encore habiles.

Lui aussi, bon bougre, mais pauvre parmi les pauvres. Chômeur selon la loi, escroqué comme mon père après un accident du travail. La misère ne côtoie que la disette et la vache enragée. Je quitte cet ami de jeunesse, pour enfourcher la mobylette. Je fais un tour du quartier en longeant l'autoroute, pour voir à quoi il ressemble de l'intérieur. Je n'y passe jamais d'habitude. La maison des jeunes et le club de boules sont rasés. Dernier vestige de la cité-jardin, seule la pharmacie subsiste. Dans ce nouveau décor, tout me paraît étrange.

Comme me l'a indiqué Toni, je me décide à aller vers les petits immeubles du quartier des Eaux-Claires, que je t'avais emmenée voir pendant leur construction. Les rues ne portaient pas de plaques à l'époque. Si je t'appelle, sauras-tu me donner ta nouvelle adresse ? Je viens de faire mille kilomètres à petits pas pour arriver enfin, il est tard et tu vas peut-être me dire qu'à cette heure, on ne sert plus à manger aux vagabonds. Chose impossible, car chez toi, les enfants ne se couchent jamais sans dîner. Au pire, nous avions droit à un bol de lait, une tranche de pain beurrée les jours de turpitude.

Tout commencera par une embrassade pour chasser les nuages, les *djnouns*, les feux follets. Fantômes de nos existences, que tu retrouves certainement, les soirs de cafard.

*Oui, je t'attendais bien sûr, j'avais des choses à te dire. Les journées se posent sur mes épaules chaque matin, comme des oiseaux lourds, mais la lumière que Dieu donne me prête la force de pouvoir encore aller librement, sans canne, sans aide. Mes promenades ne sont pas lointaines, tu sais. La plus longue est celle de l'allée du cimetière, ils me l'ont mise si loin ma petite. Quand j'arrive chez elle, j'ai le souffle court, je lui parle pourtant. Elle aussi, j'ai tant à lui raconter. Tu penses, depuis toutes ces années ! Elle aurait eu des enfants, comme vous, comme vous…*

Elle ponctue ces mots par une phrase en arabe que je ne comprends pas, sans doute une incantation vers Celui qui tient le ciel, baisse un peu la voix, remplit mon verre de thé, me demande une nouvelle fois si je vais bien, me répète machinalement qu'elle voulait rester au 17, qu'elle était bien là-bas.

*Il faut aussi que tu prépares la maison d'Arzew pour mon dernier voyage, pense à la vaisselle, aux couvertures pour que les gens puissent être installés correctement. Demande à ton cousin Khada, qui habite juste à côté, il t'aidera. Ensuite, quand je ne serai plus là, vous la vendrez, vous ferez ce que vous voudrez, mais il faut que les gens qui viendront m'accompagner se sentent à l'aise. C'est mon pays, on n'y peut rien. Avant, c'était aussi un peu le vôtre, mais on ne va pas tout refaire, le vent vous a portés. Il paraît que pendant les grandes tempêtes, au bord de la mer, il emporte les oiseaux loin du rivage, dans les terres. On dit qu'ils s'installent là parfois et ne repartent plus. Voilà. La tempête nous a poussés jusqu'ici, mais moi, je suis un vieil oiseau malin, je connais le ciel et le chemin du retour. Ton père est grincheux, mais il sera content de me revoir, depuis le temps qu'il attend. Il a été seul toute sa vie, Dieu ait son âme.*

Toi aussi, un jour, tu vas nous laisser seuls. Octobre est là avec les premières révérences, les signes visibles de l'automne, les arbres qui dansent, secouant l'or et le cuivre de leur chevelure. Je veux à présent entendre la tienne. Ces mots que je connais par cœur. Après tant de kilomètres, avec la musique des brises et ma propre voix qui chantait.

Près d'un petit immeuble dont les abords ne sont encore qu'un chantier encombré de matériaux, de véhicules et de végétaux à planter, je m'arrête enfin. J'imagine que tu dois aller et venir derrière une de ces fenêtres, ces baies vitrées où se mirent les derniers rayons de soleil descendant du Vercors. Dans le soir qui point, tu es encore occupée à ranger ce que tu as rapporté de chez nous. Dans cet appartement où aucun de nous n'aura vécu, tu vas continuer ta vie, la refaire, avec appréhension, t'installer dans un monde nouveau aux contours indéfinis, laisser derrière toi les années de travail. Loin de la petite maison de Monteynard, à l'odeur douce de pain grillé, aux arômes matinaux de café et de chicorée.

Le cœur serré, je vais aller sonner à cette porte que je n'ai jamais franchie. D'anciens parfums d'épice et de miel doivent m'y attendre.

TABLE

## DU MÊME AUTEUR

FICTIONS
*Absentes*, Le Rouergue, 1999.
*Reste dans mon épaule*, Le Bruit des Autres, 2003.
*Je me souviens du paradis*, Le Bruit des Autres, 2004.
*Géronimo, dans ma poitrine un nuage s'endort*, Le Bruit des Autres, 2005.
*Fugue bretonne*, Le Bruit des Autres, 2007.
*Avec tes mains*, Le Rouergue, 2009 ; Babel nº 1129.
*La Part de l'ange*, Le Bruit des Autres, 2009.
*Traversées*, Le Bruit des Autres, 2010.
*Trois verres de thé*, Le Bruit des Autres, 2011.
*Une étoile aux cheveux noirs*, Le Rouergue, 2011.
*Paroles buissonnières*, Le Bruit des Autres, 2012.
*À l'ombre du jasmin*, Le Rouergue, 2012.
*À l'école du renard*, Le Bruit des Autres, 2013.

THÉATRE
*Le Vol du papillon*, Le Bruit des Autres, 2000.
*Tu connais New York*, Lansman, 2003.

JEUNESSE
*Si j'avais des ailes*, Actes Sud Junior, 2008.
*Sortie de route*, Éditions d'un monde à l'autre, 2008.
*Un maquisard dans la cité*, Seuil Jeunesse, 2009.
*Ibrahim, clandestin de 15 ans*, Oskar Jeunesse, 2009.
*Au galop sur les vagues*, Le Rouergue, 2010.
*Jusqu'à la grotte de la Luire : Résistants dans le Vercors*, Oskar Jeunesse, 2010.
*La première fois, on pardonne*, Le Rouergue, 2010.
*Je préfère qu'ils me croient mort*, Le Rouergue, 2011.
*Les Fantômes d'octobre : 17 octobre 1961*, Oskar Jeunesse, 2011.
*Les Chiens de la presqu'île*, Le Rouergue, 2012.
*Brûler de l'intérieur*, Thierry Magnier, 2012.
*Mon cœur dans les rapides*, Le Rouergue, 2012.
*Il y a des jours,* Oskar Jeunesse, 2013.
*Les Lampadaires du parc*, Oskar Jeunesse, 2013.
*L'Aventure au bout du chemin*, Le Rouergue, 2013.

# BABEL

*Extrait du catalogue*

1099. AKIRA YOSHIMURA
Liberté conditionnelle

1100. YÔKO OGAWA
La Bénédiction inattendue

1101. SALIM BARAKAT
Le Criquet de fer

1102. RUSSELL BANKS
Le Livre de la Jamaïque

1103. WAJDI MOUAWAD
Forêts

1104. JEANNE BENAMEUR
Ça t'apprendra à vivre

1105. JOSEPH E. STIGLITZ
Le Rapport Stiglitz

1106. COLINE SERREAU
Solutions locales pour un désordre global

1107. MAJID RAHNEMA
La Puissance des pauvres

1108. ALAIN GRESH
De quoi la Palestine est-elle le nom ?

1109. JANE GOODALL
Nous sommes ce que nous mangeons

1110. *
Histoire des quarante jeunes filles

1111. MATHIAS ÉNARD
L'Alcool et la Nostalgie

1112. NANCY HUSTON
Infrarouge

1113. JÉRÔME FERRARI
Un dieu un animal

1114. PAUL AUSTER
Invisible

1115. W. G. SEBALD
Les Anneaux de Saturne

1116. ALAIN CLAUDE SULZER
Un garçon parfait

1117. FLEMMING JENSEN
Ímaqa

1118. ALAIN LE NINÈZE
Sator

1119. AMARA LAKHOUS
Choc des civilisations pour un ascenseur Piazza Vittorio

1120. EVA GABRIELSSON
*Millénium*, Stieg et moi

1121. INGVAR AMBJØRNSEN
Elling

1122. WAJDI MOUAWAD
Ciels

1123. AKI SHIMAZAKI
Mitsuba

1124. LAURENT GAUDÉ
Ouragan

1125. CÉLINE CURIOL
Exil intermédiaire

1126. ALICE FERNEY
Passé sous silence

1127. LYONEL TROUILLOT
Thérèse en mille morceaux

1128. FRÉDÉRIQUE DEGHELT
La Grand-Mère de Jade

1129. AHMED KALOUAZ
Avec tes mains

1130. FABIENNE JUHEL
À l'angle du renard

1131. W. G. SEBALD
Vertiges

1132. ANNE ENRIGHT
Retrouvailles

1133. HODA BARAKAT
Mon maître, mon amour

1134. MOUSTAFA KHALIFÉ
La Coquille

1135. JEREMY RIFKIN
Une nouvelle conscience pour un monde en crise

1136. PRALINE GAY-PARA
Récits de mon île

1137. KATARINA MAZETTI
Le Caveau de famille

1138. JÉRÔME FERRARI
Balco Atlantico

1139. EMMANUEL DONGALA
Photo de groupe au bord du fleuve

1140. INTERNATIONALE DE L'IMAGINAIRE N° 27
Le patrimoine, oui, mais quel patrimoine ?

1141. KATHRYN STOCKETT
La Couleur des sentiments

1142. MAHASWETA DEVI
Indiennes

1143. AKI SHIMAZAKI
Zakuro

1144. MAXIM LEO
Histoire d'un Allemand de l'Est

1145. JOËL DE ROSNAY
Surfer la vie

1146. VASSILI PESKOV
Des nouvelles d'Agafia

1147. CAMILLA GIBB
Le Miel d'Harar

1148. MARIE-SABINE ROGER
La Théorie du chien perché

1149. MARIA ERNESTAM
Les Oreilles de Buster

1150. KHALIL GIBRAN
Les Esprits rebelles

1151. SIRI HUSTVEDT
La Femme qui tremble

1152. JEANNE BENAMEUR
Les Insurrections singulières

1153. MATHIAS ÉNARD
Parle-leur de batailles, de rois et d'éléphants

1154. LAURENT GAUDÉ
Les Oliviers du Négus

1155. FRÉDÉRIQUE DEGHELT
La Nonne et le Brigand

1156. NICOLE ROLAND
Kosaburo, 1945

1157. LAURENT SAGALOVITSCH
Dade City

1158. JOUMANA HADDAD
J'ai tué Schéhérazade

1159. MAURICE AUDEBERT
Tombeau de Greta G.

1160. ÉMILIE FRÈCHE
Le Film de Jacky Cukier

1161. CAROLE ZALBERG
À défaut d'Amérique

1162. JEAN-LUC OUTERS
Le Voyage de Luca

1163. CÉCILE LADJALI
Aral

1164. JÉRÔME FERRARI
Aleph zéro

1165. YÔKO OGAWA
Cristallisation secrète

1166. JAVIER CERCAS
Anatomie d'un instant

1167. JEAN-JACQUES SCHMIDT
Le Livre de l'humour arabe

1168. BRUNO TACKELS
Walter Benjamin

1169. NICOLAS CHAUDUN
Haussmann, Georges Eugène, préfet-baron de la Seine

1170. ALAA EL ASWANY
Chroniques de la révolution égyptienne

1171. PIERRE RABHI
Vers la sobriété heureuse

1172. LE COLLEGIUM INTERNATIONAL
Le monde n'a plus de temps à perdre

1173. FRANÇOIS RUFFIN
Leur grande trouille

1174. MARINE JOBERT ET FRANÇOIS VEILLERETTE
Gaz de schiste

1175. LES ÉCONOMISTES ATTERRÉS
Changer d'économie !

1176. SIRI HUSTVEDT
Un été sans les hommes

1177. PAUL AUSTER
Sunset Park

1178. KATARINA MAZETTI
Mon doudou divin

1179. ROOPA FAROOKI
La Petite Boutique des rêves

1180. A. M. HOMES
Le Sens de la famille

1181. MARION SIGAUT
La Marche rouge

1182. JOËL POMMERAT
Cendrillon

1183. JOSÉ LENZINI
Les Derniers Jours de la vie d'Albert Camus

1184. METIN ARDITI
Le Turquetto

1185. ANNE DELAFLOTTE MEHDEVI
La Relieuse du gué

1186. JEAN GUILAINE
Pourquoi j'ai construit une maison carrée

1187. W. G. SEBALD
Austerlitz

1188. CARLA GUELFENBEIN
Le reste est silence

1189. TAYEB SALIH
Les Noces de Zeyn

1190. INTERNATIONALE DE L'IMAGINAIRE N° 28
À la rencontre des cultures du monde

1191. JÉRÔME FERRARI
Le Sermon sur la chute de Rome

1192. LYONEL TROUILLOT
La Belle Amour humaine

1193. ARNAUD RYKNER
Le Wagon

1194. CAROLINE LUNOIR
La Faute de goût

1195. SÉBASTIEN LAPAQUE
La Convergence des alizés

1196. DENIS LACHAUD
J'apprends l'hébreu

Ouvrage réalisé
par l'Atelier graphique Actes Sud.
Achevé d'imprimer
en décembre 2013
par Normandie Roto Impression s.a.s.
61250 Lonrai
sur papier fabriqué à partir de bois provenant
de forêts gérées durablement
pour le compte
des éditions Actes Sud
Le Méjan
Place Nina-Berberova
13200 Arles.

Dépôt légal
1re édition : août 2013
N° impr. : 134769
*(Imprimé en France)*